當你走入我的故事

The Story of Us

沽零 著

愛情裡沒有運氣，
害怕受傷的人，永遠不可能在一起

楔子

書店裡一片寧靜，耳邊只有走動的腳步聲，以及翻動書頁時的細碎聲響。

目光在書櫃上流連，我伸出手指輕輕擦過書脊，感受每本書的溫度和細緻觸感。

我喜歡看愛情小說，雖然老媽總是嫌我不務正業，我卻仍迷戀陷入故事情節裡的悸動和感動。

我也喜歡逛書店。雖然這年頭上網買書很方便，我仍享受在書店裡翻閱紙本書的愜意和靜謐。

思及此，視線不禁停在新書專區，那裡擺著這個月最新出版的愛情小說。

鬼使神差地，我輕輕挪動腳步，拿起那本擺在角落的著作——

「良人……」我喃喃唸出作者的名字，忍不住聳肩，「這筆名取得真隨便耶。」

寫愛情小說的作者，筆名通常取得更浪漫一些吧？

書封也不起眼，設計得很樸素，只印上了書名和作者，連張吸引人的圖片也沒有。這樣的書真的會賣得好嗎？

正當我準備將書擺回去時，肩膀突然被拍了幾下。

我捧著書轉頭，映入眼簾的是一張清秀的俊容，帶著一雙桃花眼。

「晴善，我——」

那男生微笑著，卻在與我四目相交的剎那噤了聲，眼神裡的柔情驟然消逝，取而代之的是一抹訝異。

我茫然地盯著他。

只見男生輕抿唇瓣，重新拾起微笑，「抱歉，我認錯人了。」

「……哦，沒關係。」我愣愣地回答。

他兩手各拿著一杯飲料，低下眉眼，視線恰好落在我手中的書。

男生的桃花眼裡，忽然閃過亮光。

他抬眼，似乎想對我說些什麼。

「任椛，我在這裡，怎麼了嗎？」一道女音從我們身後傳來。

我還沒完全回神，只是呆呆地看著那個男生，而他已經邁開步伐，與我擦肩而過。

「沒什麼，我們走吧。」

他的嗓音伴隨腳步聲響起，低沉醇厚，尾音輕輕漾起愉悅。

我如夢初醒，循著他的身影望去，只見那男生已將其中一杯飲料遞給女生，並用空下來的手，輕輕牽起她的左手。

我只來得及看清女生的背影，她有一頭烏黑長髮，身形勻稱，儘管穿梭在暖黃的光影裡，肌膚依然白潤，彷彿鍍了一層光。

看著他們倆並肩離去的身影，不曉得為什麼，我心中竟漾開一股前所未有的沉靜安定……當我回神，發現自己不知何時已彎起唇角。

這對情侶，光看背影就令人心曠神怡。我不禁感到羨慕。

經過這段插曲，我沒急著將良人的書放回去，而是拿著它，找了一隅角落席地而坐，開始靜靜地翻閱。

才看幾頁，我就被震撼了。

良人的文字清新流暢，蘊含著一股難以言喻的力量，像藤蔓緩緩纏繞，抓住我所有注意力，拉著我陷入故事情節。

我越看越入迷，徹底墜入良人筆下的世界。

夜幕降臨，窗外天色已黑。

我的心緒停留在故事的氛圍裡。闔上書本，我捧著它反覆端詳。

原先覺得再普通不過的筆名、書名和書封，似乎都變得格外雅緻。

最後，我買下這本書，也買下了良人後來出版的每一本書。

我從此成為良人的忠實書迷。

第一章　誰的似曾相識

「今天妳的班導打電話給我了。」

剛回到家，脫下鞋子踏進客廳，我就聽見老媽冷不防地說。

我睜大眼睛，愕然地盯著她。

「為什麼？」我應該沒惹什麼事吧？

「妳先把東西放好，然後把模擬考成績單拿來給我看看。」老媽皺著眉頭。

一聽到「模擬考」三個字，我頭皮不禁發麻。

「又是要說我國文的事情？」

「當然。」

「我盡力了……真的！」

「不對。」老媽伸出食指輕輕搖晃，「妳明明是塊讀書的料，其他科可以拿高分，國文卻總是考不好，妳肯定是沒用心唸。」

「我有唸，只是沒天分！」

「既然沒有天分，那就再用點心！」老媽一臉恨鐵不成鋼，「班導說妳其他科目很穩定，只要把國文救起來，考上頂尖大學絕對沒問題，妳就多唸唸國文吧！」

我雙手抱胸，不滿地道：「與其把時間浪費在救不起來的科目，還不如好好維持其他科。要是我全力唸國文，最後顧此失彼怎麼辦？我乾脆放棄國文算了，把多出來的時間挪到其他科目上，投資報酬率更高！」

「孫妍然，妳在說什麼傻話？看妳如此消極的態度，平時肯定都沒在讀國文吧？」

老媽一語道破，我一時竟不知道該如何反駁。

我垂下頭，嘟囔道：「那又怎樣……學測已經倒數一百天了，與其突然改變唸書習慣，我還是維持現狀，穩穩考完學測就好。」

「就是因為妳一直抱持這種心態，國文才會永遠都救不起來。」

老媽突然話鋒一轉，笑吟吟地道：「我看……替妳請個國文家教吧？」

明明上一秒還在討論心態問題，怎麼下一秒就突然想要幫我請家教？這話題未免也太突然了。

「我才不要！」我立刻搖頭。

「為什麼？」

「我本人最自豪的事情，就是從小到大都沒補習，我才不要在高三打破紀錄！」我惱火地重申：「絕、對、不、要。」

「我又沒叫妳去補習，是幫妳請家教。」老媽完全忽視我的氣憤，悠悠地說。

聽她口吻如此悠哉，我咬牙切齒道：「那有什麼差別，還不是都靠別人？」

孰料老媽根本沒在聽我說話，故自道：「剛好，我有個朋友的兒子唸中文系。他學測可是拿滿級分，連國文手寫題都逼近滿分！聽說他最近想接家教，我待會就打電話去問問看。」

「欸，我又沒答應！」

「妳先別這麼快拒絕，讓人家試教看看嘛……」老媽露出特別溫柔的笑容，我卻覺得那笑容裡蘊含著滿滿惡意。

「說不定妳上過一次課國文就突飛猛進，學測直接拿下十五級分！」

最好是上一次課就可以拿十五級分，我還不如去求神拜佛比較有用。

「我不要！」

「那就這樣決定啦！」老媽拍了一下手，笑得愉悅。

「我又沒有說好。」我瞪著她，「妳不要每次決定事情都這麼專制。」

「只是試教一堂課而已。」

「才怪！等試教完後，妳一定會像現在這樣糊弄過去，半強迫我開始上家教課。」我說，「我當了妳十七年的女兒，才不會上當受騙！」

「不管妳怎麼說，反正這事就這樣說定了。」

老媽掛著滿意的笑容，慢悠悠地從沙發上起身，走到我身後，推了推我的肩膀。

「都七點了，妳肚子不餓嗎？先去把書包放好，趕快來吃飯。」

面對這麼難搞的老媽，我忍不住喟嘆一聲，任由她把我一路推進房間。

關上門前，她笑嘻嘻地說：「總之，家教課我們說定嘍！」

我已經放棄掙扎了，老媽這一身死皮賴臉的本領，即使當了她十七年的女兒也鬥不過。

隨便她愛請什麼家教……反正離學測也只剩一百天了，區區一個家教，在這一百天裡能對我產生什麼影響？

晚上吃飽飯、洗好澡後，我唸了兩個小時的書，十一點準時就寢。

躺上床後，調整一個舒適的姿勢，我將床頭櫃的幾本書揣到懷中，開始一本一本翻閱。

這是我的睡前儀式。如果睡前沒有翻翻這些書，我絕對睡不著。

翻著翻著，眼皮也逐漸沉重……

我停下動作，揉揉眼睛，視線恰好落在書頁折口處。

每一本的作者都是同一個人。

良人。

還記得國三那年，某個春光明媚的午後，我步入書店，初次與良人的作品邂逅，並深深愛上他的文字，從此成為忠實書迷，買下他每一本出版作品。

可惜，良人不曾在網路上經營粉絲團，也不曾舉辦過簽書會，我對他的認識，僅有目前為止出版的幾本書上，那簡潔俐落的作者介紹。

「男性。深信每個故事都能成為誰的良人。」

我輕輕撫過這句話，心中漫開一股難受的情緒。

我不曉得他的長相、不清楚他的個性和興趣。良人於我而言，是一個充滿魅力的陌生人。

我和他之間唯一的聯繫，就是那些飽含情感、充滿張力的故事和文字。

然而，他已經有一年沒有出版新作了。

因為等得煎熬，我甚至曾寫信去出版社詢問，得到的回覆是良人近期沒有出版計畫。

與讀者不曾有過任何互動的他，一旦沒有出版新作品，就如同人間蒸發了一樣。

永無止境的等待，使我只能翻閱他以前的作品，苦苦期盼著哪一天會突然發布他的新書消息。

我皺起眉頭，小心翼翼地把書一本一本擺回床頭櫃，順手關上燈，在黑暗中嘆了一口氣。

「良人，你到底什麼時候要出新書……」

我一邊咕噥著，一邊閉上眼睛，任由幻夢浸染思緒。

❀

一早，剛結束一場地理科小考，下課鐘聲終於敲響。

「妳怎麼一副無精打采的樣子？」羅珍轉過頭來，關心地問。

我趴在桌子上，懶洋洋地回答：「……我沒事。」

「該不會是因為昨天發了模擬考成績單吧？」羅珍有些驚訝，「哇！難道妳失常了？」

「嗯……沒有吧。」

我坐直身體，撐著下巴，「只是我媽不滿意我的國文成績，還說要替我請家教。」

「這倒是，妳每科都很厲害，但只有國文很讓老師頭痛，也難怪妳媽會擔心。」羅珍笑了起來，頗有幸災樂禍的意味。

「不過，妳要唸的科系應該也不看重國文吧？」

「我有興趣的科系雖然跟國文沒有多大關係，但畢竟是一類組，國文也算挺吃重的吧？」我聳聳肩，「我媽希望我可以進頂尖大學，如果國文只拿六、七級分，怎麼可能進得去？所以她很擔心。」

「那妳自己覺得呢？想讀哪裡？」羅珍問。

「其實我倒沒想過要唸哪裡，就看最後學測吧。如果成績剛好有達到的話，完成我媽的希望也沒什麼不好。」

「果然是學霸才能擁有的率性。」羅珍苦笑，「像我們這種學渣，根本沒有選學校的權利。」

我莞爾，「妳的語氣聽起來很酸耶！到底是褒還是貶啊？」

她大笑，「沒有啦，只是小小抱怨一下嘛！不過……」羅珍笑意逐漸淡了下來，表情帶著幾分正經，「我其實還挺羨慕妳的。」

我們平時互損慣了，難得聽到她的稱讚，我忍不住一陣困惑。

「……羨慕我什麼？」

「就是感覺妳的生活過得很順遂吧？好像沒什麼煩惱，遇到升學這種麻煩事也可以輕鬆看待。」

羅珍將食指湊到唇邊，眼珠轉呀轉的，似乎在思考什麼。

「簡單來說，我覺得妳好像對生活沒什麼太大的目標，對麻煩的事情也都比較逆來順受，豁達的個性讓我很羨慕。」

我聽了有點茫然，不是很明白羅珍的意思，也不懂她為什麼突然說這些話。

比起「逆來順受」和「豁達」，更適合我的形容詞應該是「隨興」吧？

對於生活的一切我都挺隨興的，遇到挫折也可以很快地拋在腦後，專注在眼前的享樂，所以我的確沒什麼太大的煩惱。

「可是高中生有什麼大事值得煩惱嗎？」我實在忍不住，反問羅珍：「我們現在還沒出社會，衣食無缺，只要專心唸書跟玩樂就好，哪來什麼事要煩惱？」

羅珍一時語塞，思忖好一陣子才說：「就算不是多重大的事情，總會有夢想、家庭、人際關係之類的事需要我們操心吧？畢竟未來充滿著許多未知數。」

「呃……就過一天算一天，船到橋頭自然直啊！」

比起擔心這些未來的事，我覺得每天思考早餐吃什麼還比較令人困擾。

只見羅珍無奈地笑了，「所以我才說很羨慕妳啊！妳的生活真的過得很率性。」

「雖然我不知道哪裡值得羨慕……不過聽起來算是好事吧？」我忍不住露出心虛的笑。

「嗯，是好事。」

本以為羅珍會說我得寸進尺，她卻很難得地同意了，甚至笑著點頭。

「要是每個人都像孫妍然一樣，大概每天都會過得很開心。」

我皺起眉頭，依舊搞不懂羅珍為什麼突然要誇獎我，總覺得不大習慣，下意識就反駁：「我也不是每天都無憂無慮的好嗎？別把我說得像不食人間煙火的傻白甜。」

羅珍大笑出聲，「例如呢？」

「例如——」

才正要開口，抽屜裡的手機突然震動了幾下，我趕緊拿出來。

「我竟然忘記調成靜音！幸好沒在上課時響起來。」

「是誰傳訊息給妳嗎？」羅珍問。

「嗯。」我一邊說，一邊點開畫面。

一看見螢幕上的文字，我忍不住「嘖」了一聲。

羅珍疑惑地問：「怎麼了？」

我嘆了一口氣，哀怨道：「我人生最大的煩惱來了……」

「什麼什麼？是誰傳來的？」羅珍好奇地湊過來。

「我媽。」我將手機遞給她。

媽媽：「今天晚上，第一堂家教課喔！記得早點回家！」

才剛踏進家門，我就感覺四周瀰漫著不尋常的氛圍。

我站在玄關處，連鞋子都還沒脫，目光在客廳裡環繞了一圈，總覺得有哪裡不太對勁。

聽見我開門的聲音，老媽匆匆從房間裡跑出來，笑容溫柔。

「妍然妳回來啦？怎麼愣在那裡呀？快進來！」老媽的音調上揚，帶著一絲興奮。

奇怪。太奇怪了。

「妳今天吃錯藥？語氣幹麼這麼肉麻？」

才剛問完，我便察覺這種不對勁的感覺從何而來——家裡變得太乾淨了，連櫃子上的裝飾品都被擺得整整齊齊。

「我們家要上電視了？」我好奇地問。

老媽湊到我面前，壓低音量，罵道：「妳又在胡說什麼？快給我進來！老師已經等妳很久了！」

哦，果然是因為有人來作客，難怪她突然把家裡打掃得這麼乾淨，還擺出禮貌客氣的姿態。

老媽就是那種，上一秒還在破口大罵、下一秒卻可以瞬間變成溫柔淑女的人。

「已經來了？那我晚餐怎麼辦？」我一邊脫鞋，一邊不滿地問：「難道要我餓肚子上課？」

「餓一下會怎樣嗎？」老媽瞟了我一眼，「上完課才七點半，到時候再吃不就好了。」

「餓肚子怎麼專心上課啊？妳這根本是虐待……」

我絮絮叨叨地抱怨著，走進客廳，才突然意識到一件事。

「等等。」我看了老媽一眼，「妳說家教老師已經來了，那他人呢？」

「還能在哪裡？不就在妳房間嗎？」老媽理所當然地說。

我感覺自己心臟喀噔一聲。

「妳、妳說什麼？」我一時結巴，「那可是妳女兒的閨房，妳怎麼隨隨便便讓陌生人進去！」

「放心啦，那間豬窩我已經幫妳整理好了，連床頭櫃那些沒營養的書我也都收得好好的。」

「根本不是這個問題好嗎？為什麼不在客廳上課就好？還有，那些小說才不是沒營養的書！」

房間可是我的隱私，隨便就讓別人進去，誰知道他是不是什麼變態！說不定他還有汗臭味或腳臭味，汙染我房間的空氣！

「因為客廳我要用啊。」老媽語氣輕快，「我要看電視。」

我頓時無言以對，這個人真是有夠——有夠——

還沒等我想到形容詞，老媽就推著我的肩膀，將我一路推向房間。

「好啦，妳不要再這樣拖拖拉拉，老師已經等很久了，快點進去上課！」

等我回過神來，我已經被推入房內，老媽「砰」的一聲就關上房門，留下還沒反應過來的我。

我怎麼有種被她賣掉的感覺？

「妳好。」

低沉的嗓音，從我身後傳來。

我感覺心頭像被撓了一下，癢癢刺刺的。

我趕緊撥撥瀏海，慢慢轉過身，目光觸及男人的瞬間，不自覺陷入遲疑。

我盯著男人那一雙桃花眼，脫口而出：「你……」隨後趕緊打住，沒把話說完。

這個男人看起來好眼熟。雖然不曉得是在哪裡見過，但我總覺得記憶的某一處被牽動了。

看到我的那一刻，男人眼中似乎浮現一絲波動。

我來不及辨別那是什麼情緒，就發現那雙桃花眼裡的複雜已然消逝。

「請坐吧。」他語氣清冷。

「噢！好。」

老媽不知從哪搬來一張小桌子，擺在我房間中央，我坐到他面前放下書包，將自己的髮絲勾到耳後，有點不知所措。

「那個……呃，你好。」

我完全不敢看他的眼睛，視線胡亂飄移。

「我叫做孫妍然，今年高三。」

「嗯。」男人輕輕應了一聲，「任梁，大二。」

他的聲音雖然低沉，我卻覺得隱約挾著一股寒意，緩緩滲入骨子裡。

我想不到什麼話可以說，最後只是僵硬地應了一聲。

「開始吧。」

他將一張紙推到我面前。

一看清楚紙上的內容，我大驚失色，立刻抬起頭，慌張地說：「給我考卷要、要幹麼？」

任梁靜靜地望著我，沒有答話。

看見他這樣的眼神，我嚇得立刻低下頭，卻仍不滿地咕噥著：「不是說來上課的嗎？幹麼又要寫考卷……」

任梁沉默了半晌，嗓音才緩緩傳來：「我不了解妳的實力，需要測驗一下才曉得該針對哪裡開始惡補。」

我依舊垂著頭，看不見任梁的表情。

但儘管只透過聲音，我也感到很緊繃，覺得氣氛嚴肅又僵硬。

我以為家教都是熱情大方的，怎麼這個人這麼冷漠？從剛剛到現在，他的語氣一點起伏都沒有，好歹也給我一個微笑吧？這種氣氛下要我怎麼吸收新知？

「我可以拿這次的模擬考考卷給你看……我能不能別寫新的考卷？」我囁嚅道。

我的問題換來了一陣死寂。

我突然有點後悔，恨不得把自己埋進地底。任梁有著強大的氣場，他光是坐在那裡我就感覺到一股恐懼。這種恐懼大概媲美一天要考五張國文考卷，而且分數還得計入平時成績。

老媽，我可不可以臨陣脫逃啊？我在心中哭喊著。

任梁似乎完全不打算回答我的問題，我想這大概就是「不行」的意思。

好不容易都放學了，到底為什麼還要逼我寫國文考卷啊？光看上頭密密麻麻的字我就想吐，更別提我還瞄到有非選題。我寧可寫一堆數學題本，也不想寫國文考卷，哪怕只有一張也不想！我實在搞不懂那些下課後去補習班的人，腦袋裡到底在想些什麼？同樣密密麻麻都是字，與其去補習班寫考卷，為什麼不多看點小說調劑身心？排版還比較美觀！

也許是我太久沒有動靜，任梁終於開口：「看來妳很討厭國文。但如果想讓成績變好，妳該試著接納它。」

我瞟了他一眼，很快就收回視線，委屈和厭惡的感覺在我的心中膨脹。

這道理我當然知道！可是我就是討厭國文，幹麼逼我接納討厭的東西？

雖然寫張考卷不會少塊肉，但我莫名就想跟任梁唱反調，已經做好抵死不從的心理準備，不管待會他說什麼，我絕對不會寫的！

「……知道了。」任梁的語氣終於有了一絲起伏，我想那大概是無奈。

「這樣就算了？」我驚訝地問，還以為自己逃不掉寫考卷的命運。

「妳要寫？」

「不要！」怕他突然反悔，我趕緊轉移話題：「那我們要幹麼？上課嗎？」

我已經敢正視任梁的臉了，但還是沒辦法直視他的眼睛。總覺得他就像是神話中的蛇髮女妖，看一眼就會變成石頭。

任梁搖搖頭，「考卷給我吧，小考或模擬考都行。」

我應了一聲，從書包翻出資料夾，抽出一疊國文考卷遞給他。

他接過考卷，認真地看了起來。

房間裡又恢復一片死寂。

「那個……你要喝些什麼嗎？」我小心翼翼地問。

「不用。」任梁答得簡潔，目光仍在我的考卷上遊走。

自己的考卷被仔細地檢視著，我不禁有點尷尬，目光胡亂飄移，這才發現床頭櫃上那一排良人的小說，果然如老媽所說，都被她收起來了。

突然，任梁的聲音傳來：「妳平時會讀什麼課外書嗎？」

雖然他的問題像在閒聊，但語氣實在太平淡了，我猜他大概是為了家教課才問這件事。

我不自覺坐直身子，清了清嗓，鄭重其事地說：「我很喜歡看小說。不是很文學的那種，而是小情小愛、很浪漫的愛情小說。」

在中文系學生面前講這種話，我實在有點心虛，甚至怕他不懂我的意思，繼續補充：「就像偶像劇，主要是在談戀愛……」

任梁抬頭看了我一眼，我立刻低下頭，深怕和他對視。

「我知道。」

「哦，那就好。」我撓撓鼻子。

我的班導是教國文的，她熱愛經典文學，似乎很嫌棄愛情小說，我都不敢帶小說到學校看，深怕班導會鄙視我。

雖然聽起來很孬，但畢竟少女最在乎面子了。

「那妳有喜歡的作家嗎？」任梁問，「我是指文學作品。」

「呃……文學的話……」我緊皺眉頭，深思了好一陣子，腦袋掠過的全是那些課本上的文豪名字，光想我就頭疼。

「看來是沒有。」任梁淡淡地說。

我尷尬一笑，「嗯……似乎真的沒有。」

老實說，我其實也不清楚什麼是文學作品、什麼是大眾小說。

「不過愛情小說的話，我倒是有個很喜歡的作家！」我鼓起勇氣說：「他的筆名叫做良人，出版過五本書，每一本我都好喜歡。」

任梁沉默了一會，他微低著頭，不知道在想些什麼。

我在心裡嘆了一口氣，他大概沒聽過良人吧。就連我身邊在看愛情小說的朋友，都不知道良人這個作家，任梁這種文學青年又怎麼可能知道？

「那個人的書還是別看了。」忽然，任梁這麼說。

「你說什麼？」我疑惑道：「這是什麼意思？」

他沒有回答，目光回到我的考卷上，重新審視起來。

「所以……你也知道良人？」我後知後覺地問，忍不住皺起眉頭，「你不喜歡良人？」

任梁依舊沒有回答，靜靜地盯著我的考卷。

他這樣是默認了吧？我不禁垂下眼。

沒想到自己崇拜的作家會被否定，我感到很沮喪，對任梁也突然沒了好感。

「妳實力其實不差。」他抬頭，「錯的題目大多都是國學常識和字音字形，只要惡補就能進步，文言文也能用技巧來拆解。白話文閱讀是最需要時間的。本來想知道妳的閱讀習慣，看是否能靠課外讀物增進閱讀能力，但這部分目前看來不太需要擔心。」

「謝謝。」我才懶得理他說什麼，我已經開始不喜歡他了。

「不過要是妳一直排斥國文，成績大概只能止步於此。學習一門科目，心態很重要。」就連這種叮嚀，他的語氣依舊平淡如水。

我沒有回答，只是隨意地點點頭。

「也許妳敞開心胸去接納國文，會覺得它不像妳所想得那麼討厭。」

才怪！我抬眼看向任梁，卻仍避開他的視線。

「我覺得，如果你敞開心胸接納良人的作品，也會感覺到他文字裡的溫度和魅力。」

任梁微微一愣，似乎有些訝異。

我沒再多說什麼。

仔細想想，他不喜歡良人干我什麼事……我心裡稍微釋懷了一些，也突然有點懊惱，自己幹麼這麼幼稚？

「沒事啦，我只是說說而已。」我輕聲道。

任梁簡單地應了一聲，看樣子沒放在心上，我也不再多想。

任梁又向我要了國文課本和平時使用的講義，藉此了解我的讀書習慣。

「時間差不多了，今天就先到這裡。」

他開始收拾東西，動作不疾不徐，最後拿起考卷。

「妳的考卷先借我一天，我回去幫妳設計一些題目。」

「今天不是試教而已嗎？」難道他明天還要來？

「令堂說，是從今天開始正式上課。」任梁答得很平靜。

「什麼？」我驚呼一聲，「這到底是怎麼回事？」

「明天見。」

任梁不顧我的驚愕，起身步出房間。

我跟在任梁身後一路走到客廳，對老媽大喊：「不是說好試教完再決定嗎？妳為什麼跟人家說是正式上課？」

老媽完全沒理會我的質問，笑吟吟地將任梁送到門口。

「哎呀，任老師，今天謝謝你了！之後也拜託你嘍！」

任梁沒什麼表情，只是微微躬身。

他們說了什麼我沒聽清楚，只顧著在老媽身後叫嚷抗議。

直到任梁離開，老媽關上家門才轉過頭來，賊溜溜地問：「怎麼樣？上得還好吧？應該可以考到十五級分了吧？」

我瞪著她，氣沖沖地罵道：「妳還敢問！這到底是怎麼回事？」

「哪有怎麼回事，就是幫妳請了家教啊。」老媽用手順了順自己的髮尾，語調輕鬆。

雖然早就猜到她肯定會想盡辦法讓我答應上家教課，但這種先斬後奏的方式太奸詐了。

「好啦，都快八點了，妳肚子不餓嗎？」老媽笑得燦爛，攬住我的肩膀，「吃飽了才有力氣讀書，快去吃飯吧！」

瞧她這賴皮的功力，我欲哭無淚。

看來我是逃不了上家教課的命運。

❀

我回到房間，坐在床沿，視線在房裡打轉。

擺在房間中央的小桌子，正是剛才我和任梁上課的地方。

任梁身形清瘦，長得很高，儘管席地而坐仍然高出我一截。現在他離開了，總覺得房間突然變得比平常更寬敞。

一想起任梁，便升起一股莫名的熟悉感——到底是為什麼？我以前真的見過他嗎？

他的嗓音和那雙桃花眼，都給我一種似曾相識的感覺。

但是，如果我曾遇過氣質這麼冷冽的人，應該會有印象吧？

任梁和我所有認識的人都不一樣。

他身上有一種我無法形容的冷漠，如同一陣迷霧，令人感到遙遠、迷茫，甚至帶有一點危險。僅僅是和他在同一個空間，就被那種冷淡的態度壓得喘不過氣。

即使我也曾遇過個性比較冷漠的人，但都不像他這麼具有壓迫感。

如果我真的曾經見過他，我一定會對他的氣質有印象。

睡前，我從櫃子裡拿出被老媽收起來的小說，躺在床上翻閱，開始進行我的睡前儀式。

我從良人出版的第一本書開始翻，白色簡樸的封面、不起眼的書名和文案，卻讓我痴迷了好幾年。命運真的很奇妙。我第一次拿起良人的書時，差點就要把它放回書架上。驀然，有段記憶竄上腦海，我瞪大眼睛，訝異地盯著手上這本書。

我想起來了。

促使我認識良人的契機，是一個男生。

他不曉得把我錯認成誰，拍拍我的肩膀，微笑著叫我「晴善」。

然後，有個女孩出現了，與他並肩離去。他們甜蜜的背影，看起來令人稱羨不已。

書店裡遇見的那個人，和今天替我上課的任老師……長得非常相像。

他們都擁有一雙桃花眼。而當年從女孩口中喊出來的名字，好像也是「任梁」……

可是任老師的氣質，和三年前相比簡直是天壤之別。一個周身像裹了一層冰霜，讓人無法輕易接近，一個卻是溫柔如水。

他們，真的是同一個人嗎？

隔天午休時間，吃飽飯後，我和羅珍閒聊。她正在展示自己新做的指甲彩繪，我卻滿腦子都是昨天的事，忍不住向她傾訴，想聽聽她的意見。

「我覺得妳是認錯人了吧？」她說。

羅珍將手攤在桌上，花花綠綠的指甲讓我眼花撩亂。

「可能是吧……但他們真的長得很像啊！而且都叫任梁。」

羅珍收攏十指，瞇著眼看我，一臉狐疑。

「我知道妳記憶力很好，但妳真的記得三年前那個男生長什麼樣子？名字也有可能只是發音相近而已。」

「是沒有記得很清楚。但因為是帥哥，印象比較深刻……我記得他有一雙桃花眼。」

「可是，妳不是說氣質一點也不像？」羅珍問，「也才過三年而已，真會如妳所說，改變那麼大嗎？」

我心虛地搔了搔鼻子，「說不定他是怕生？」

「這倒是有可能……等等，我們先別聊了！」

羅珍話鋒一轉，從抽屜裡抓出一張考卷，攤平在桌上。

「妍然，地理老師說放學前要交訂正，但我這張考卷錯超多的，拜託妳救救我！」她雙手合十，苦苦哀求。

我懶洋洋地說：「我現在沒空……」

「孫妍然！學測已經剩不到一百天了，沒時間給妳思春談戀愛啦！」

「妳說誰思春？」

「妳啊。不專心想考試的事，滿腦子都是男人。」羅珍朝我吐了一下舌頭。

「我、我……」結巴半天，我一時找不到措辭反駁，「算了，教就教！拿來吧！哪題？」

我搶過羅珍手中的考卷，她嘿嘿笑了兩聲，指向考卷上的題目。

「這題、還有這題、還有這題跟這題。」

「搞什麼？」我抱怨，「妳根本把我當免費家教。」

「就是這樣沒錯。可惜我的家教沒有妳的那麼帥，還能讓我掛念一整天——」

我伸手敲羅珍額頭，「再亂說就不教了。」

「好啦！」她揉著額頭，「別把我打笨了，這腦袋還要撐到考學測。」

我拿出鉛筆，開始教羅珍地理。

然而，似乎就像她剛才說的，我仍滿腦子只想著昨晚的事。

我覺得任梁應該不是因為怕生才如此冷淡。他的冷漠，像自內心深處滲出來的刺骨寒意，總覺得一旦觸碰了，就會被凍傷。

今天本來要上到第八節，但任課老師臨時有公務要處理，才上半小時便宣布提早放學，全班歡聲雷動。

這種難得的好事，對一群被考試追著跑的學生而言，根本是天上掉下來的禮物。

突然多了一段時間可以運用，照理來說我絕對是馬上回家睡覺。但一想到今天又要見到那個冷冰冰的任梁，我就不禁頭皮發麻。

一走出校門，和羅珍道別後，我便朝家裡反方向走，前往附近的書局。雖然沒打算買什麼，但只要能晚點回家，不管怎麼樣都好……

步入充滿書香氣息的環境，就像被一種無形的力量牽引，筆直走向熟悉的愛情小說專區，下意識尋找良人的書。

多年沒有出版新作，加上名氣不大，良人的作品總是被擺在最不起眼的地方。

我望著最底下那一排的書，心中感到鬱悶……

即使沒有動手翻閱，我也能立刻回憶起良人的文字，簡單易讀，溫暖情感卻雋永人心。

這麼優秀的作家，怎麼沒被更多人看見？

這想法才剛冒出頭，我也不知道哪來的衝動，伸手拿起其中一本良人的書，擺到最顯眼的「店長推薦」區。

等我回過神，才意識到剛才自己做了什麼，不禁嚇了一跳。我這種行為也太幼稚了。

我從不追星，也不曾為誰瘋狂過。

原來當我崇拜一個人的時候，可以做到這種地步。

「我覺得，如果你敞開心胸接納良人的作品，也會感覺到他文字裡的溫度和魅力。」

我想起昨天對任梁說的話。

驀然，書店電動門發出聲響。

我下意識抬頭一望，一抹熟悉人影倏然落入眼底。

是任梁！我瞪大眼睛，腦袋還來不及反應，身體已先一步動作——我迅速地躲到書櫃後面，努力屏住呼吸。

是有人在我腦袋裡裝了竊聽器嗎？竟然說曹操，曹操到！

只見任梁走向牆角那一排高中複習講義專區，挑了其中一本，快速地翻閱。我瞇起眼，勉強才能看清上面的文字，是一本國文複習講義。

任梁翻了幾頁，看得認真，接著又放回去，好像不太滿意的樣子。

他在原地站了很久，一直在翻閱架上的講義，不時低頭查看手機，似乎是在找資料。

我記得他應該沒有其他家教學生……那麼，他一直在找國文講義，是為了我嗎？

這瞬間，我對他既感謝又感到抱歉。他為了教我做了這麼多準備，我昨天卻排斥上他的課，甚至因為不想寫考卷而耍賴。

忽然，任梁邁開步伐，繼續往書店深處走，我緊張得心臟撲通撲通跳，趕緊換了一個位置，始終保持在他的視線死角。

我既不想被他發現，又忍不住好奇他接下來要做的事。

當任梁越過愛情小說專區，似乎注意到什麼，停下腳步。

我心臟喀噔一聲，眼睜睜看他走向「店長推薦」的位置。

他盯著架上那本良人的書，沉思良久，側臉一點一點蒙上冷意。

看見他驟然冷下來的臉，我心頭莫名一緊，往旁邊挪了半步，把自己藏得更深。

任梁會當作沒看見，逕自走過嗎？還是會乾脆把書放回原位，讓它不再這麼顯眼？

然而，接下來發生的事，完全超乎我的預料。

任梁伸手拿起那本書，大步走向櫃檯，掏出口袋裡的皮夾。

我看著店員替他結帳，不禁感到納悶。

他這是在幹麼？如果討厭良人，那當作沒看見就好，何必買下那本書……

直覺告訴我，事情絕對沒這麼簡單。

只見任梁結完帳，拿起書準備離開書店。我將手提袋抱在懷裡，急急忙忙跟了上去。

我就像跟蹤狂，悄聲跟在任梁身後，和他保持一段距離，只要他稍微偏頭，我就馬上躲到騎樓裡，確定他沒發現，我才又跟上去。

就這樣持續了許久，任梁都不曾停下腳步。

眼看離我家越來越近，突然覺得自己這樣有點滑稽。說不定是我想太多，他就只是單純想買書而已。思及此，我終於不再躲躲藏藏，打算正大光明走在他身後。

被發現就被發現，到時說是巧遇就好了！

但我才剛跨出一大步，就見任梁猛然停下步伐。

我急忙剎住，差點往前跌倒，好不容易才保持平衡，抬起頭來看他想幹麼。

只見任梁停在一個社區的紙類回收箱前面。

下一秒，他拿起書，抬起手，扔出去。

咕咚！

隨著書本落入回收箱的聲響，我的腦袋也跟著停止運作。

我全身僵硬，頭皮陣陣發麻，一路蔓延至腳底。我根本不敢相信自己的眼睛，任梁怎麼會做這種事！

是我看錯了嗎？

任梁離開了，頭也不回。

我立刻衝上前，探頭往回收箱裡一看。

良人的書，正孤零零地躺在雜亂的廢紙堆裡。

我第一次體會到小說裡常說的「怒極反笑」的心情。

氣到極點的時候，根本什麼話都說不出來，只能冷笑出聲。

我沒有大聲咆哮，沒有暴跳如雷，只覺得周身有火焰在悄聲燃燒。

任梁這傢伙，究竟有多討厭良人，討厭到明明可以視而不見，卻硬要把書買下來，只為了特地扔進垃圾桶裡。

內心原先萌生的感謝與歉意，全在這一刻化作怒火熊熊燃燒。

昨天我要任梁敞開心胸接納良人的文字，他根本一個字都沒聽進去！甚至變本加厲！

我彎下身，氣沖沖地把良人的書撿起來。

書封不知道沾上了什麼，黏呼呼的，我強忍著噁心的觸感，拿出面紙把它擦拭乾淨。

「你真是太可憐了！怎麼會遇到這種人……」

我喃喃自語，感覺胸口隱隱作痛。良人的心血竟然就這樣被當垃圾給扔了！如果我是良人，看見這一幕一定會很受傷。

這一刻，我也不管書髒不髒了，心疼地將它揣在懷裡。

我瞪著任梁離開的方向，只想追上他，直接朝他後背送上一記飛踢！

我抱著書往前跑，滿腦子都是任梁把書丟掉的畫面，像跳針一樣反覆重播。

我越想越惱火，他到底對良人有什麼深仇大恨？

剛才看見良人的書時，他的腦袋裡在想些什麼？

該不會他其實早就看見我了，故意這麼做想要惹我生氣？

他有這麼無聊嗎?花錢買書就只為了要挑釁我?

我畢生知道的所有髒話都在內心跑過一輪,但全都不及我對任梁的憤怒和不解!

亂七八糟的想法還沒結束,我已來到家裡附近的巷口。

我放慢了速度,卻仍繼續大步向前,每一步都踩得氣勢萬鈞,彷彿隨時能踏穿柏油路面。

腦海中更不停幻想,自己指著任梁鼻子,把他罵得狗血淋頭——

驀然,靜謐的巷子裡傳來人聲。

我循著聲音走進巷子裡,映入眼簾的就是任梁的背影。

剛才信誓旦旦地說要飛踢他、痛罵他,沒想到真正看見他的瞬間,我的反應竟然是驚嚇。

回過神時,我人已經躲到轉角處。

孫妍然,妳真是太孬了!

我探出頭,朝任梁偷看了一眼。

他在幹麼啊?鬼鬼祟祟的。

我深吸一口氣,鼓起勇氣踏出右腳,可是才剛踏出去,又立刻收回來。渾身上下大概只剩眼睛還大膽地定在他身上。

算了,還是先觀察一下狀況再說。

任梁蹲在地上,似乎在對誰說話。

我感到納悶,偏頭去看,只見常在我家附近出沒的那隻流浪貓,正趴在地上,任由他輕撓牠下巴。平時凶狠的牠，此時竟然閉上雙眼，露出饜足的表情。

任梁順著牠的毛流撫摸著，輕聲問：「你是從哪裡來的？有主人嗎？」

他聲音並沒有什麼起伏，卻隱約透出一絲柔情，和他剛才在書店的冷漠表情有著天壤之別。

我心中一震，腦海忽然浮現三年前遇見的那個男生。那人微笑喚我「晴善」，聲音裡盛滿了溫柔，蘊藏著足以消融初雪的暖意——就像這一刻的任梁。

忽然，任梁轉頭瞥了我一眼。

我嚇了一大跳，馬上躲開視線。他以往那種冷漠空洞的眼神，加上剛才在書店撞見的事，讓我不敢直視他。

彼此沉默了半晌，我悄悄抬頭，發現他已經轉過頭了。

我莫名心虛，把懷裡的書塞進手提袋裡後，才慢吞吞地走出轉角。

任梁正在搔弄貓的耳朵，似乎並沒看見我的動作。

「怎麼不出聲？」他淡淡地問。

「呃……」我尷尬地踮了踮腳尖，不知道該怎麼回答。

任梁也不再追問，只是靜靜逗弄著貓。

我心中一動，忍不住開口：「待會到我家記得洗手……牠是流浪貓。」

任梁回頭看我，停下手中動作，緩緩站起來。

貓繞著他的褲管蹭了幾下。

「牠是這一帶的常客，附近鄰居都會餵牠吃東西。所以牠總是在這裡徘徊。」我被他看得渾身不自在，一緊張，話就多了起來，「鄰居家的小孩常常跟牠玩，或許是這樣，牠不怎麼怕生。」

「既然這樣，怎麼沒人收留牠？」

聽見任梁這麼問，我笑了一下，似乎沒那麼拘謹了。

「大人都不喜歡小孩亂摸流浪貓狗，當然不願意收留牠，覺得牠不乾淨。不過，他們不收留牠就算了，還常常餵牠吃東西、給了牠不必要的期待，這樣……還滿殘忍的。」

說完，我慢慢抬起眼，才發現任梁正專注地盯著我看。

我迅速低頭，心有餘悸。

「嗯。」他應了一聲，蹲下身將貓抱進懷裡，「那妳呢？」

「什麼？」

「聽起來妳似乎很可憐牠。怎麼不收留牠？」

我愣住，望向他懷裡的貓。

那雙神祕的眼睛彷彿帶有靈氣，能夠洞悉人類的想法。

我別過頭，猶豫道：「我……不適合養寵物。」

「嗯？」

我輕輕揪住制服裙襬。

「因為總有一天要道別的……那樣太難過了。」話說出口，心中某處像有一隅陷落。

我抬起頭，扯唇一笑。

「沒有啦，我亂講的。我笨手笨腳，以前連蠶寶寶都養不活，我可不想荼毒這隻貓的後半生。」這倒是實話了。

其實不只是蠶寶寶而已，小學的時候有陣子很流行「電子寵物機」，幾乎每個同學手上都有一臺，連學校旁邊的書局都在賣。

我看著心癢，跟鄰桌同學借來玩，沒想到才剛玩不到幾分鐘，虛擬寵物就死了，我試圖挽救，結果整臺機器直接壞掉，慘不忍睹。

因為這件事，同學氣得差點跟我絕交，最後是老媽氣沖沖地拎著我去書店買一臺新的還他，才畫下勉強算是圓滿的句點。

連虛擬寵物都能養死了，現在這隻貓在社區裡活得逍遙自在，有得吃有得玩，說不定牠還有女朋友。我還是不要去殘害牠的大好貓生。

任梁默不作聲，只是蹲下身，雙手一敞，放走了懷裡的貓。

「再見。」他呢喃。

貓咪似乎有些留戀，繞著任梁走了一圈。

任梁再次彎下腰，拍拍牠的屁股，示意牠該離開了。

他動作如此溫柔，我不由得再次想起二年前的事。

或許，任梁也是個溫柔的人，就像我在書店裡遇見的那個男生一樣……

不對！我在想什麼？

眼前這個人是我的頭號敵人，我不能對他釋出善意。

「你感覺很喜歡牠。那你為什麼不收留牠？」我刻意問。

「或許是因為……」

周遭忽然靜了下來，只剩他的聲音在空氣中飄搖震盪。

我的心跳莫名漏了一拍。

「我也無法承受再一次的離別。」他說。

我微瞠雙眸，愣在原地。

「走吧，該到妳家上課了。」

還來不及反應，任梁已經率先邁開步伐。

「哦……」

我跟在任梁身後，視野中零星晚霞襯得他的背影溫柔敦厚。

我的理智告訴我這只是假象，腳步卻不知不覺跟著他的節奏，一步、兩步、三步……

到家後，我和任梁一前一後進了房間。

他洗過手，指尖還染著水氣，便已進入上課模式，要我將模擬考的題本拿出來檢討。

經過今晚的一切，我得到一個結論——

任梁這個人根本有病。這種陰晴不定的怪人，我還是少招惹為妙。

想到這裡，我決定不再反駁他的任何指示。

反正，比起寫考卷，檢討我還是勉強能接受的……

任梁逐題講解，講解完後留給我一些時間訂正錯誤的題目。

途中我呵欠連連，撐著沉重的腦袋，頻頻點頭打瞌睡，差點直接撞上桌面。我被自己嚇醒，緊張兮兮地看向任梁，他的表情沒什麼變化，只是出聲要我繼續寫。

本以為自己會挨罵，他反應這麼平淡，倒是讓我有些不自在。我趕緊調整好姿勢，繼續訂正題目。精神恢復了，我手上的筆沒停過，注意力卻離不開面前的任梁。

經過今天的那些事，我覺得好像看見了他的另一面。先是看見他不可理喻、特地買書扔掉的奇怪舉止，接著卻又看見他溫柔如水、輕聲細語的樣子。

這讓我心裡感到很矛盾。

他扔了良人的書，我應該要討厭他，可是……

「我也無法承受再一次的離別。」

說那句話的任梁，神情溫柔真實……任梁周身的冰霜，似乎在那一刻露出破綻，讓我看見他冷漠之下的真情。

他究竟是怎樣的人？似乎不全然好，但也不全然壞。

這個念頭如同一枚鉤子，悄聲勾住我的心。鉤子將心臟扯出一個洞，好奇心源源不絕滲出——我第一次這麼想弄懂一個人，這一點也不像平時的我。

「妳專心點。」在我不曉得第幾次偷看他後，任梁冷聲說。

凝望著他的臉，我能聽見自己的心跳越來越快。

我調整呼吸，順從內心意志，緩緩挪動視線，鼓起勇氣直視他的眼睛。

穿破預想中的冷漠，我在他眼底深處觸及一片柔軟。如午後陽光，暖洋洋地灑入我心底。

他一定是個溫柔的人，就像三年前書店裡遇見的那個男生。

這一瞬，我終於能篤定，那個人就是我眼前的任梁——他們同樣擁有溫潤的嗓音與眼神。

但為什麼他會那麼討厭良人？

突然，任梁伸出手橫在我的面前，擋住我的目光。

我嚇了一跳，縮了縮脖子，停在原地不敢動。餘光裡任梁表情有些僵硬。

不久他收回手，摸著自己的後頸，不太自在的樣子。

「你……剛剛在做什麼？」我問。

任梁沒回答，眼神定在桌面的考卷上，像在躲避我的目光。

「沒事。」他答得簡短，「快訂正吧。」

我撓撓鼻子，聽話地拿起筆，繼續訂正考卷。

我再也不敢隨便抬頭看他，訂正的效率提高了不少。可是心裡還是有種奇怪的感覺……算了，別再想了。

把題本訂正完，時間恰好七點半。任梁收拾東西準備離開。

我跟在任梁的身後，出了客廳，老媽正坐在沙發上，一邊看電視一邊摺衣服。

一看到我們走出來，她臉上立刻堆滿笑容，湊近任梁，親切地說：「辛苦了，今天也謝謝你了，任老師。」

聽見老媽這種語調，我就有種想翻白眼的衝動。眼不見為淨，我逕自去廚房盛飯，卻瞥見老媽手上的東西。

血液直衝腦門，我感覺自己臉頰像燒起來了一樣。

我的天！老媽手上的那個東西，是、是她的內褲啊！

她竟然拿著內褲在跟任梁講話！雖然很慶幸她不是拿著我的內褲，但身為她的女兒，我實在很想鑽個洞把自己藏起來。

我摀住臉，無聲哭號：我怎麼會有這麼蠢的媽媽？

任梁似乎沒察覺什麼異樣，正專心和老媽談論我的國文成績。

我偷偷摸摸跑到老媽背後，想趁她不注意拿走內褲，先藏起來再說。

沒想到任梁突然往我這裡看過來，我已伸手抓住老媽手上的內褲，瞪大眼睛，驚愕地看著他……

這瞬間，世界彷彿只剩下抓著內褲的我，還有略顯詫異的任梁。

老媽一臉困惑，視線在我們兩人之間打量。她似乎意識到哪裡不對勁，低頭一看。

看見自己手上的東西，她放聲尖叫，震得我耳膜都快碎了。

後來，老媽把我推出家門，要我送任梁到巷口。

一個大男人到底是有什麼好送的！妳就承認自己是想逃避現實吧！

門關上的那一瞬間，我真想這樣對老媽大吼。但畢竟是我媽，面子總得替她顧一下。

我站在門口，無奈地嘆了一口氣，「她真的是……」

外頭吹著涼風，任梁聲音傳來：「不必送我了，進去吧。」

我轉頭看向任梁，他雙手插著口袋，髮絲被風吹亂，神情卻依舊淡漠。

「我媽要是知道我沒送你，肯定不會讓我進家門。」我將制服裙兩邊的口袋掏出來，示意自己沒帶鑰匙。

任梁沒有回答，但看起來似乎沒什麼意見。

我走近他，催促道：「走吧？」

他好像應了一聲，聲音太輕，我不是很確定。

儘管如此，我還是率先邁開步伐。當我回頭確認時，看見他也跟了上來。

我心情輕鬆許多，對任梁不再排斥，取而代之的是滿腔的好奇。他為什麼如此討厭良人？究竟發生了什麼事，讓他待人態度變得如此冷漠？

「大學生活有趣嗎？」我隨口問。

他抬起頭，沉默一陣子，才緩緩說道：「還好。」

「你有參加什麼社團嗎？」我往後一瞥，只見他搖了搖頭。

聽說大學有三個必修學分：愛情、課業跟社團。

任梁的課業不錯，既然他沒參加社團，那愛情呢？

我轉過頭正想追問，回憶驀然竄入腦海——

三年前的任梁，溫柔地喚著那個名字：晴善。

然後，那個叫做「晴善」的女孩出現了，與他並肩離開。

他們倆的背影，如今仍烙印在我腦海深處，沒有絲毫褪色。

那是我所見過最美好的一對情侶。即使沒有甜言蜜語、沒有親暱舉止，氣質卻如此相融，彷彿餘生都只會望著對方一個人……

我聲音一哽，突然就問不出口了。

巷子裡重新恢復寂靜，餘下馬路上車輛呼嘯而過的聲音。

走到巷口，我停了下來，微笑說：「就送你到這裡了。」

任梁也停下腳步，靜靜地看著我。

我撥了撥自己被風吹亂的頭髮，藉此避開他的視線。

「那，拜拜嘍！」我朝他揮揮手。

任梁遲了半晌，應了一聲：「嗯，再見。」

我想起今天他對那隻貓說「再見」，像對著某個人道別。

他重新邁開步伐，而我站在原地，看著他的背影漸行漸遠……

第二章　他的桃花眼眸

家教課的日子再次到來，我走在返家路上，內心實在很掙扎，不曉得該走快一點還是走慢一點。

上禮拜和任梁之間發生的那些事，無論是他扔書的舉動、巷子裡的貓、在課堂上的互動，又或者最後我送他到巷口的那段路程……看似稀鬆平常，卻似乎在我們之間產生了一點說不清的改變。

不知不覺走到了家門口，我來回踱步，忍不住蹙起眉頭。光是想到待會要繼續讀國文，我就整個人提不起勁，更遑論是和任梁相處。

我慢吞吞地上樓、打開門，映入眼簾的卻是老媽翹腳看電視的樣子。

聽見動靜時，她瞟了我一眼，很快又把目光轉回韓劇上。

我訝異地看著她。

「任梁還沒來嗎？」看她這副邋遢樣，家裡肯定沒客人。

老媽心不在焉地說：「之前任老師有說，今天要改到七點上課。奇怪，妳沒聽到嗎？」

我一頭霧水，「沒有啊，什麼時候說的？」

「妳喔！就是第一堂課結束，他準備要走的時候啊。生耳朵給妳是裝飾用的嗎？」她嫌棄地說。

聽她這種語氣，我心情再次被破壞殆盡。

我快快地回到房間，迅速地洗澡、吃飯。做完這些事情時，已將近七點半。

「才第三堂家教課他就遲到了，妳都不介意喔？」

其實我對任梁遲到沒什麼意見，但我好奇老媽的態度，她平常就愛抱怨許多事，而且從小就告誡我凡事要守時，對任梁卻好像很寬容。

「沒什麼吧？」她目光仍停留在電視上，「妳多等一下會少塊肉嗎？人家可是頂尖大學的高材生，大忙人一個，每個禮拜還得抽兩天出來教妳這個幼稚鬼，對老師態度要好一點，知道嗎？」

老媽似乎以為我還對任梁抱有敵意，語氣帶著勸誘的意味。

遲到跟讀哪所學校有什麼關係？他來上課又不是沒拿薪水，講得好像我欺負他一樣。

我正要出聲反駁，就聽見門鈴響了。

「這不是來了嗎？」她笑著瞥了我一眼，「快去開門。」

我不情願地走到門口，打開大門。

當我看見眼前的男人時，忍不住睜大雙眼。

任梁穿著白色襯衫，繫著黑色領帶，提著手提包，手臂披著西裝外套，整個人散發出冰冷而幹練的氣息。

一時之間，我也忘了迴避目光，直直望入他那雙深不見底的眼眸。

觸及他眼底的情緒，一貫的冷漠之下潛藏著深淵般的黑暗。我就像掉進了那深淵，手心泛涼、無法呼吸。

直到終於挪開目光，我的氣息仍然急促紊亂。

我匆匆回到客廳，被剛才那一瞬的對視弄得有些心神不寧。

「任老師，你來啦！」老媽乾笑了幾聲，語調刻意上揚。

我想起她上禮拜犯下的蠢事，突然有點同情，想必她現在一定還羞於面對任梁。

「孫妍然，妳發什麼呆？」老媽故作鎮定，「快帶老師進房間上課呀。」

「喔！」我抬眼，瞥了任梁一眼，很快地收回視線，有些慌張。

我快步走在前面，任梁跟在我身後。我能感到背後傳來一陣冷意，緩緩將我包圍。從客廳到房間這一段短短的距離，我走得心神不寧。

任梁的氣場本就逼人，穿上西裝簡直讓我無法喘息。不曉得為什麼，我總覺得今天的他更加冰冷。

我率先進了房間，坐到自己的位子上，暗自鬆了一口氣。

任梁接著入座，動作不疾不徐。

他看了我一眼，出聲問：「妳怎麼了？」

他的聲音沒什麼起伏，但我還是嚇了一跳，低著頭說：「沒什麼啦！是說，你今天怎麼比較晚？」我趕緊轉移話題。

面前的人沉默了一陣子，沒有回答。我好奇地看向任梁，卻見他望著我，一副想對我說些什麼的樣子。

我愣了一下，趕緊打破沉默，「沒事，我們還是趕快上課吧！」

任梁沒說話，只是從手提包裡拿出幾張紙，推到我面前。

「不會吧？又要寫考卷？」我還以為上完第一次家教課時，噩夢就已經結束了⋯⋯

「妳是高三生，東西都已經學得差不多。我想，還是以訂正題目的方式來指導妳最快。」他解釋。

我聽了簡直要昏倒，「你該不會是說，我每堂課都要寫一份考卷吧？」

「不。」他答得很快。

我感覺到一絲希望，欣喜地望著他。

「也許不只一份。」這句話澆熄了我的微弱希望。

雖然滿腹抱怨，我還是忍不住瞄了一眼桌上的考卷。

它的樣式和我平時寫的有些不同，我快速瀏覽內容，發現字和字之間的距離很大，不像學校考卷都是排滿密密麻麻的字，看了就眼花。

看著這張國文考卷，我竟覺得不那麼排斥了。

我心中微動，緩緩抬眼，囁嚅道：「那個⋯⋯這考卷是哪來的啊？」

「我出的。」任梁回答道，「又不想寫？」

我抿住唇，盯著任梁特地設計的考卷，排版多了一絲用心。我如果又拒寫，是不是有點過分？而且我也見過他認真挑選參考書的樣子。

我偷偷瞥了任梁一眼。

「怎麼？」

「沒、沒事。」我趕緊收回目光。

總覺得他今天心情不太好，還是別和他唱反調了。

「我寫吧……」

聞言，任梁臉色依然淡漠，但周遭的低氣壓似乎減弱了幾分。

我拿起筆，開始認真寫考卷。無論我怎麼努力把目光放在考卷上，仍覺得有一道視線直直打在我身上，讓我好不容易專注的思緒又斷了線。

我實在受不了，抬頭看了一眼，卻再度撞入任梁那雙眼眸。

他眼裡的情緒太滿太深，我幾乎無法承受這樣的目光……

觸及我的視線，任梁卻沒有避開目光，反倒像越過我在看些什麼。他看得十分專注，我耳畔只剩下他平穩而輕淺的呼吸聲。而他那雙飽含情緒的桃花眼，始終注視著我……

之前，我總是不敢直視任梁的眼睛，深怕被他眼底的冷漠刺傷。可是經過上次的事，我知道冷漠只是他的偽裝。

我攥緊拳心，想將任梁這個人看得更清楚一些。

我彷彿被那雙桃花眼眸攫住，動彈不得，而這一次，我似乎看清了任梁眼裡的情緒。

他的眼神盈滿悲傷。

光是這樣凝望著，我便被他的情緒感染，眼角不自覺浮出淚光。

驀然，門口傳來敲門聲。

任梁挪開了視線。我也扭過頭，趕緊抹掉眼角的淚。

老媽走進來，笑著說：「沒打擾到你們上課吧？我今天下班買了草莓蛋糕，你們一起吃！」

任梁輕聲道謝，老媽似乎沒察覺我們的異狀，放下盤子後便悠哉地離開了。

整個房間重歸沉寂。我咬住脣，不知所措地盯著考卷。

「寫完再吃？」任梁問。

我微微點頭，重新提筆，再次投入心神。

偶爾還是能感覺到任梁的目光停留在我身上，但不再像剛才那樣直接。

似乎是等得無聊了，任梁從手提包裡拿出一本書，我瞄了一眼，是白先勇的《樹猶如此》。書名看起來很深奧，我一點也不好奇內容。

不過我卻注意到任梁手上的書籤。那是一張壓花書籤，一片枯黃中帶著一縷嫣紅，如點睛之筆，令整張書籤變得精緻可愛。旁邊似乎題了一句話，距離太遠了我看不清楚，只好暫時作罷。

這張考卷沒有非選題，我很快就寫完了，匆匆檢查一次之後，我將考卷遞給任梁。

任梁放下手中的書，一邊替我對答案，一邊說：「我會用檢討的方式來指正妳一些觀念。至於非選題，會讓妳每兩週練習一次。」

一聽到要寫非選題，我忍不住在心中嘆氣，但排斥感好像沒那麼強烈了。畢竟要上家教已經是板上釘釘的事，再掙扎也沒用。

任梁認真批改考卷，注意力不在我身上，因此我大膽地盯著他。

這是我第一次認真觀察他，之前為了避免對視，我的視線都不敢放在他身上太久。

任梁的膚色偏白卻不蒼白，是健康飽滿的膚色。睫毛低垂修長，一雙桃花眼襯得他五官精緻，還多了幾分迷離。

我右手支著下巴，靜靜地凝望著他。

小說中若出現擁有桃花眼的角色，大概是個風流成性、八面玲瓏的男人，不只擅長交際，大概也很容易親近。

但任梁的氣質完全不會讓我這麼覺得。他的長相雖然精緻漂亮，卻無法讓人感到「親近」，全因為他眉梢眼角，處處浸染著冷意。

想起剛才他看著我的那種眼神，我不禁感到一陣心揪，胸口悶悶的很不好受。

他批改的動作突然停下，我趕緊收回視線。

任梁將改好的考卷推到我面前，「妳看一下錯的題目，有任何不懂的地方都可以提出來。」

「嗯，好。」我應下，把考卷轉回自己的方向，這才發現任梁在我錯的題目旁邊寫了一些字。

看他這麼認真，即使痛恨國文，我也很難再耍賴。

「考卷上這些字是什麼？」我問。

「就是妳尚未釐清的觀念。」任梁說，「我研究過學測的出題方向，大致歸類出幾種題型，設計成這張考卷。如果答錯了，代表妳還沒完全掌握，之後複習時就能更有眉目。」

我恍然大悟，用力點頭。

我還沒研究完錯誤的題目，就見任梁順手將桌上的一盤蛋糕拉向自己，另一盤則輕輕推到我的面前，下巴微昂，示意可以開始吃了。

盯著眼前的蛋糕，綿密的鮮奶油，點綴著一顆鮮嫩欲滴的草莓，儘管我平時對草莓並不感興趣，但這畫面實在太賞心悅目。

我拿起叉子，戳了一小塊蛋糕，送入口中的同時，感受到奶油在嘴裡化開的甜膩滋味，心情好像瞬間愉悅了起來。

忽然，一隻手橫過來，我的盤子裡瞬間多了一顆草莓。

任梁的動作似乎沒有經過太多思考，此時臉上的表情稀鬆平常，彷彿只是順手把草莓挑過來一樣。

我茫然地看著他，而他似乎意識到什麼，忽然一頓，緩緩看向我，露出了我沒見過的懊惱神情。

我被他的反應搞得一頭霧水，還來不及深思，就看見任梁伸出手，將原本給我的那顆草莓又插回自己的盤子裡。

這下子我真的呆住了，他到底哪條神經不對？

「對不起……」任梁的聲音有點不對勁，「我一時沒意識到。」

意識到什麼？我歪頭看他。

任梁似乎沒有要解釋的意思，低下頭繼續吃蛋糕。

「你……」

「快吃吧。」

我望著他，雖然心中有無數疑惑，最後仍是呆呆地回答：「……好。」

任梁沒再開口，我也無話可說，氣氛一時變得有點詭異。

我嚥下一口蛋糕，故作輕鬆地問：「那是你的書籤嗎？」

任梁動作一頓，抬頭看了我一眼。

「……嗯。」

「很漂亮耶，你做的嗎？上面的字是什麼？也是你寫的？」

他沒有回答，只是輕輕點頭，然後抽出書裡的書籤，遞到我面前。

——擇你所愛，愛你所擇。

我本來想任梁是中文系的，書籤上寫的大概是某句詩詞，沒想到卻是這麼普通的祝福。

「滿足好奇心了嗎？」他說。

我尷尬一笑，「……我只是隨口問問而已。」

任梁沒什麼反應，可是我總覺得他的表情軟化了幾分，心情似乎好轉了不少。

「這是我高中做的。本來是要送給一個人的禮物。」

「啊？」我愣了一下，沒想到他會主動告訴我這些話。

「那個人對未來很迷惘，不曉得該讀哪個科系。我不太會安慰人，只好寫了最俗套的祝福。」

「哇，那他跟我一樣耶！」我笑道，「不過……最後沒送出去嗎？」

「嗯。」任梁的聲音低了幾分，垂著眼眸，讓人看不清他的情緒。

「是不是因為他後來知道要唸什麼了，就不需要祝福了？」

任梁陷入沉默，盯著盤子裡的草莓，良久不語。

我問了什麼不該問的嗎？

我乾笑了幾聲，立刻挖了一大口蛋糕，把兩頰塞得鼓鼓的，藉此化解窘境。

「不需要了……這句話也沒錯。」任梁喃喃地說。

我抬頭，疑惑地看著他。

「所以——」任梁將書籤擱到我面前，「送給妳吧。」

我驚訝地瞪大眼睛，趕緊嚥下滿嘴的奶油，差點哽住。

「這、這樣好嗎？」

「不是喜歡嗎？」他問。

喜歡歸喜歡，但我稱讚它漂亮，又不是要他送我！

「妳現在是考生，比我更需要這份祝福。」

我看了看書籤，又看了看任梁，確定他的表情不像在開玩笑，誠惶誠恐地伸出手接下。

「那就……謝謝你。」

「快吃吧。」任梁催促。

「哦，好。」我趕緊把剩下的蛋糕塞進嘴裡。

吃完蛋糕後，任梁若無其事地將考卷擺到我面前，輕敲幾下桌面，「開始訂正了。」

我指向其中一題，題目旁邊註記著「移情作用」，雖然知道這名詞是什麼意思，但只要變成考題我就不知所措。

「像這種題目，我好像一直都不太會……」

老實說，這個問題已經困擾我很久了。因為是很基本的題目，老師上課從沒認真講解過，羅珍還曾笑我怎麼連這種題目都錯。

雖然我知道羅珍沒惡意，平常我跟她也互損慣了，但我死要面子，不想承認自己不懂這種基礎題。

任梁頓了一下，倒是沒有太驚訝的樣子，開始向我解釋。

「簡單來說，就是把自己的情緒投射在沒有生命的東西上面。」他簡短說明。

「字面上的意思我懂，不過可以舉個例嗎？」

我對國文最無法理解的，就是明明用的是同一種語言，但我怎麼永遠都搞不懂老師在講什麼？甚至有時候都不知道題目到底在問什麼？看似簡單的一句話，往往還另有深意。如果能像小說那樣淺白一點，大家都看得懂，豈不是皆大歡喜。

「『相看兩不厭，只有敬亭山。』敬亭山本來是沒有生命、沒有感情的，不會有厭惡或喜歡的情緒。但就是因為妳的心境，才會覺得他不討厭妳。」

什麼意思啊……我搔了搔鼻子。這是在繞口令嗎？所以到底是誰討厭誰？

被搞得一頭霧水，我急忙問道：「可是，轉化法呢？」

腦袋感覺要打結了，遇到難搞的數學題我都沒這麼苦惱。

「轉化法的話，山不是也可以討厭我嗎？那這題為什麼不能算是轉化法？」

任梁臉上難得有了一絲波動，他輕輕皺起眉頭。

「這題只是問移情作用，沒有問使用了哪種修辭。」

「重點是，為什麼這算移情作用，不能算轉化法？如果把它歸類在轉化法，那這題根本就不能成立吧？」我反駁道。

任梁語帶無奈地說：「妳還真是……」

突然，他像是想起了什麼，沒再繼續往下說。

「真是什麼？」他這是打算鄙視我嗎？我明明是真的不懂！

任梁沒有回答，沉默良久，房間一時靜了下來。

「看來妳不是基礎沒打好，是想太多。」他終於開口，卻不動聲色地換了話題。

我一時反應不過來，茫然地看向他。

「別想太多，題目問什麼妳就答什麼。」

聞言，我不禁皺起眉頭，實在很難認同這種說法。可是畢竟考試就是這樣，任梁也無法決定。

「……好吧。」

「妳待會把錯的題目再看幾遍。時間差不多了，可能得留到下次檢討。」

「啊？」

我的習慣是有問題的話一定要當天問清楚，否則按照我的個性，之後肯定把這件事忘得一乾二淨，最後累積一大堆問題沒解決。

「怎麼了？」任梁問。

「哦……沒有啦，其實我想今天把問題問完。」

任梁蹙起眉頭，「今天不行。我待會……還有事。」

他說這句話時，眼底再度浮現一抹悲傷。

我望著他，竟有一種被吸引的感覺，甚至覺得自己不再恐懼他的眼神，能夠大膽地與他四目相交。

雖然胸口因為任梁而逐漸發悶，我卻似乎習慣了，甚至開始品嘗起這種莫名心酸的滋味。

任梁先挪開了視線。

我如夢初醒，尷尬地說：「哦，沒關係。那就下次再問吧。」

「我可以給妳我的聯絡方式。」他突然道。

「什麼？」

「我明天請假，下次上課已經是下週了。妳不是想早點問完？」

「你要請假？」

「已經和令堂說過了。」

「為什麼請假？」問出口後，我才發覺有點唐突。

幸好他沒在意，只是掏出手機，點開通訊軟體，好整以暇地看著我。

我慢了半拍才反應過來，趕緊從書包裡翻出手機，手忙腳亂地解鎖。

「你要用帳號……」我抬起頭，發現任梁正盯著我的手機桌布，擰了一下眉頭，表情古怪。

我的手機桌布是良人第一本小說的書封。不只因為簡樸耐看，也因為我對良人的喜歡和痴迷。

糟糕，怎麼偏偏被討厭良人的他看見了！

我張了張嘴，但一句話都說不出口。任梁也同樣默不作聲，我硬生生忍住了追問的衝動。

我和他的關係好不容易才緩和許多，我可不想自找麻煩。

點開通訊軟體，我們交換了聯絡方式。

任梁的個人頁面一跳出來，果然和他給人的感覺一樣，冷冷清清的，連頭貼都是系統預設，簡直像個詐騙帳號。

「聯絡方式都給妳了。有什麼問題就丟過來。」

我瞄了一眼，發現任梁的手機畫面還停留在我的頭貼。那是我的自拍照，雖然自認拍得還不錯，但我臉頰隱約發燙，低下頭不敢說話。

「妳——」忽然，任梁開口，「真的很喜歡良人的書？」

我驚訝地抬頭，猶豫了一陣子。

「嗯，真的很喜歡。」即便知道任梁討厭他，我仍決定如實回答。

「……為什麼喜歡？」

他這麼問，我不禁愣了一下，思忖了半晌才開口：「大概是文字給人的感覺吧？」

我盯著任梁的臉，確定他表情沒什麼起伏，繼續說：「他的文字淺白、故事起伏也不大，可是字裡行間都充滿柔情。明明我完全不認識他，但光憑文字，好像就能描繪出他是多麼溫柔的人。我總覺得，他肯定很懂得怎麼去愛一個人。」

任梁不發一語，空氣中漫開靜默，摻著幾分窘迫。

「或許妳把他說得太好了……」任梁垂下眼，臉上彷彿蒙了一層陰影。

「你是不是真的很討厭他？」我忍不住問。

任梁一頓，突然露出苦笑，「我想是吧。」

除了初見時的輕淺笑意，這是我第一次看見任梁露出笑容，儘管那其中溢滿苦澀。

「……哦，好吧。」沒想到他會大方承認，我尷尬地說：「你討厭他，我尊重。不過我很喜歡他，我是他的頭號書迷。」

「還有很多其他優秀的作家，妳不必執著於他。」任梁淡淡地說。

我不懂他的意思，但在我聽來就像一種說教，叫我別再支持良人。他自己討厭良人就算了，我又沒干涉，甚至撞見他扔掉良人的書也沒當面質問他，幹麼刻意跟我談起這些？

我心一橫，索性問：「他寫的書真有那麼差勁嗎？」

「我不是那個意思。」

「我也曾想過，自己為什麼喜歡一個名不見經傳的作者，可是對我來說，喜歡就是喜歡，沒有好壞之分。」我緊擰眉頭，「或許對中文系的人來說，文學批評很正常，又或者你和他發生過什麼不愉快的事……總之，如果不喜歡他，那就別勉強提起他了。」

話說完，房間頓時陷入沉默。

完了！我把氣氛搞僵了。早知道別說……

可是說過的話也無法收回來。

然而任梁莞爾一笑，笑容裡少了一點苦澀。

「謝謝。」他喃喃自語。

「什麼？」我訝異地看著他。

他的笑容逐漸轉淡，語氣清冷：「沒什麼。別在意我剛才說的話，我尊重妳。」

我咬住唇瓣，感覺剛才還高漲的氣焰立刻就被澆熄。

「知道了。」我心虛地道歉：「我口氣有點差，對不起。」

雖然愛面子，但該說的話還是得說。

「妳真的……跟她很像。」忽然，任梁這麼說。

我愣住，「誰？」

他沒有回答，僅是用那雙悲傷的桃花眼眸望著我。

「我該走了。謝謝妳。」

這是第二次道謝。簡短的三個字，彷彿被什麼情緒浸滿了，沉甸甸地壓在我的心口上。

我驚訝地望著他，只見他的眸色變得幽深難辨。

任梁收拾了東西，站起身，筆直地朝房門走去。

我茫然地坐在位子上，目送他的背影離開，心中漾開一股莫名的躁動……

為什麼要對我道謝？

好半晌，我才揣著滿腹的疑問，慢吞吞地出了房間。

任梁已經離開了，客廳裡只剩下老媽翹著腳在沙發上看電視。

「喂，妳擋到我了。」老媽揮揮手，示意我閃遠點。

我沒理會她，目光仍停留在大門。

「妳幹麼？魂不守舍的。」她奇怪地說。

我坐到她旁邊，猶豫地問：「媽，妳有沒有覺得……任梁這人有點怪怪的？」

「哪裡怪？」

「就是看著他的眼睛，會覺得有點心痛，總覺得他的眼神很悲傷。」

我沒把剛才的事告訴老媽，因為我根本不曉得該從何說起。

不料老媽用力打了一下我的頭，罵道：「妳是唸書唸到昏頭了是不是？一個優秀青年被妳說得好像有憂鬱症一樣！」

我揉揉腦袋，哀怨地看著她。

「那我問妳，任梁這個人妳到底是從哪裡找來的？」

「就有一次跟同事閒聊的時候，她提到自己有個兒子在讀大學、還有接家教，我就請來了啊。」老媽眼神閃躲。

「他到底為什麼會來當家教？」我沒有任何貶抑的意思，只是任梁這麼難以親近，我覺得他一點也不適合這份工作。

老媽聽了我的話，露出心虛的表情，雖然只有短短一瞬，仍被我捕捉到了。

我立刻抓住她的手，「給我從實招來。妳一定隱瞞了什麼，對不對？」

老媽竟然還不打算回答，一直否認。

我開始左右搖晃她的手，晃得老媽整個人搖搖擺擺的，最後她氣得甩掉我的手，瞪著我。

「我說就是了！再搖下去，都要把今天早餐搖出來了！」

我立刻正襟危坐，臉上堆滿笑容。

「母親大人，請說！」

老媽表情有些猶豫，沉思了半晌，才鄭重其事地開口。

「其實，任梁這孩子已經休學了。」

「休學？」我驚訝地看著她。

老媽嘆了一口氣，「這次會請他來當家教，其實是他媽媽拜託我。她知道我有個唸高中的女兒，說如果有需要的話，可以讓任梁來教幾堂課。」

「為什麼？」我眉頭緊蹙，「為什麼要休學？為什麼要妳請他當家教？」

難道我的國文成績已經差到人盡皆知了嗎？

「說真的，詳細原因我也不是很清楚，雖然是同事，但也不好意思問太多。只是大概知道他遇到了不開心的事，狀態不太好，所以休學一年。」

老媽頓了頓，語氣有些沉重，「他媽媽很擔心，怕他待在家裡沒事做，所以才想替他找個打工。可是任梁似乎沒意願，所以她就騙他是一個熟識的阿姨強力拜託的，也就是我啦！可能他不好意思拒絕，或是也覺得繼續待在家裡不太好，總之任梁答應了，然後變成現在這樣子。」

我震驚地望著她，完全說不出話來。

難怪老媽會那麼堅持要我上家教，甚至不惜使出各種奸詐手段。

這一瞬，我又回想起任梁那雙浸染涼意的桃花眼，心臟倏然一疼。

老媽突然朝我胳膊掄了一拳，我嚇一跳，「妳幹麼！」

「要是敢在任老師面前提到這件事，妳就完蛋了！人家好不容易答應來上課，妳要是把他嚇跑，我肯定跟妳沒完沒了！」

「我才不會。我又不是小孩子，我知道什麼該說、什麼不該說好嗎？」

「這樣最好！」老媽哼了一聲，轉過頭去，放聲哀號：「啊！都妳啦，我的韓劇播完了，我沒看到後面！」

「哦，那還真可惜。」我敷衍地說，「我要去讀書了，再見！」

「慢走不送！」

我走回房間，倚在門邊，直直望向中央的那張小桌子。

任梁……到底是什麼樣的人？

我坐到書桌前，拿出他送給我的書籤。

任梁的字跡十分漂亮，瀟灑中帶著幾分溫和細膩，為何他表現出來的樣子卻如此冷漠？

我又想起三年前在書店遇見的任梁。

他的笑容僅是一縷輕淺笑意，卻讓人感受到和煦溫暖，這和我現在所認識的任梁完全不一樣。

「也才過三年而已，真會如妳所說，改變那麼大嗎？」

我突然想起羅珍說過的話。

這三年間究竟發生了什麼事？為什麼他的眼神變得如此悲傷……

晚上，我躺在床上翻來覆去始終無法入睡。只要一閉上眼睛，滿腦子就全是任梁的事。

最後我放棄掙扎，乾脆起身開燈，躺在床上滑手機。

我東看西看，點開臉書隨意瀏覽，但什麼也沒看進去，只覺得腦袋鬧哄哄的，不由得恍神。

當我回過神時，發現自己竟然在臉書的搜尋欄上輸入「任梁」兩個字，我瞪大眼睛，一時慌了手腳，結果不小心鬆開手，整支手機重重摔到我的臉上。

「啊！痛死我了……」我拿開手機，捏揉自己劇痛的鼻梁。我的鼻子如果是假的，現在肯定被撞歪了。

等到疼痛漸緩，我才重新拿起手機。視線一觸及螢幕上的畫面，我差點又失手把手機摔了！

叫「任梁」的人不可能只有一個吧？為什麼現在排在第一個的就是我認識的任梁……就算照片只有露出側臉，但我一眼就認出是他。

恢復冷靜後，一股該死的好奇心又悄然襲上心頭。我按捺不住衝動，小心翼翼地點進去任梁的個人頁面。

我屏氣凝神，一顆心都提了起來，深怕錯按任何一個鍵。

屬於任梁的世界，就這樣呈現在我眼前。

他的個人頁面和通訊軟體一樣十分冷清，似乎許久沒有發表新貼文，最先映入眼簾的是一張照片，是一群與任梁年紀相仿的大學生。

其中有個小麥色肌膚、蓄著平頭的男生站在任梁旁邊，親暱地勾住他的脖子，朝鏡頭笑得很燦爛，比了一個勝利手勢。

其他圍繞在任梁身邊的人，也全都笑容滿面。

整張照片看似和樂融融，然而被眾人簇擁著的任梁，卻擺著那張熟悉的冷淡表情，眼神也透出平時冰冷的氛圍。

我越看越覺得奇怪，忍不住皺起眉頭，總覺得這張相片有種不協調的感覺。

看了半天，才終於理出頭緒。

這種奇怪的感覺，並非源自任梁——

照片中，其他人的笑容過於燦爛，嘴角的弧度都勾得極高，彷彿隨時要穿破螢幕。

當我再進一步細看，不禁大吃一驚，照片中的任梁，身上穿的就是今天的那身西裝！

不會這麼巧吧？我嚥了口口水，看向相片發布的時間。

竟然就在一小時前！

我驚訝得從床上坐起來，原來任梁說家教課結束後還有事，是要和朋友們聚餐嗎？

發布這張照片的人，似乎就是那個有著小麥色肌膚的男生。他在貼文中標註了任梁的臉書帳號，寫道：「兄弟，辛苦你了。」

短短一句話，搭配著照片中任梁的冷漠眼神，我竟再次感覺到一股悲傷襲上心頭。

辛苦你了，是對任梁說的嗎？為什麼要對他這麼說？

我想起老媽提起任梁休學的事，心中不禁一陣刺痛。

關上手機，躺回床上，任由靜謐夜色打撈我浮沉的思緒。

我好像，正在一步步走入任梁的世界……

他的世界，會有什麼等著我？

❀

體育課，老師難得讓我們自由活動，同學們一邊歡呼一邊跑到球場上揮灑汗水，我和羅珍則懶散地坐在司令臺上聊天。

我告訴羅珍，任梁眼神看起來很傷心，但沒有提到他休學，也沒有提起照片的事。我可不想被她當成偷偷調查別人的變態。

羅珍皺起眉頭追問：「眼神很悲傷？妳是怎麼看出來的？」

我被這問題難倒了，「我、我也不知道……就覺得看著他的眼睛，我會很想哭，覺得他應該很傷心，或是有什麼沉重的心事。」

「孫妍然，我覺得妳腦補太多了。」羅珍一副無話可說的表情。

我懊惱地說：「真的！才不是我想太多，他的眼神是真的很難過！」

羅珍沉默了一下，緊皺著眉頭，似乎嘗試理解我的想法，但最後還是放棄了。

「不行，我還是覺得這種說法很荒謬。」她搖頭。

「妳為什麼不相信我？」

羅珍突然把臉湊到我面前，雙眼一眨一眨。

「妳幹麼？」我往後縮了一下。

「妳現在看我的眼睛，看得出我眼神怎麼樣嗎？」

我愣住，試著看向羅珍那雙圓圓的眼睛，只覺得她的瞳孔放大片有點奇怪，上面竟然還有花紋。

我往後挪了挪，沒好氣地說：「誰看得出妳眼神怎樣啊？我只看到一堆花。」

「什麼花？」羅珍翻了個白眼，指著自己的眼睛，加強語氣：「我今天戴的是凱蒂貓，不是花！」

「妳整天把學測倒數掛在嘴上，怎麼還有心思打扮？」

「妳管我？我就喜歡美美地走到終點。妳還不是一樣，整天想男人。」

聽到她又用這件事損我，我根本懶得回答，只是敷衍地聳聳肩。

羅珍只好把話題拉回正軌：「總之，最好是這樣看一看就可以知道對方在想什麼。」她滿不在乎地說，「我每次都覺得小說裡為什麼要描寫角色的眼神？每個人的眼睛不都是長得差不多，黑黑的一片到底能看出什麼東西來？」

羅珍說的話，我竟然覺得挺有道理的。

「不只是小說，就連有人說韓劇裡的男主角很會演、眼神很有戲之類的，我都會覺得莫名其妙，因為我根本不覺得他的眼神有什麼特別。」羅珍對著空氣比手畫腳，說完後還不忘回頭看我，像在等我附和。

「妳這麼說是沒錯，可是我真的覺得……唉，算了。」

我實在不想去思考這種事，越想越心煩。明明平常睡一覺就可以把煩惱拋到腦後，怎麼遇到任梁就讓我如此糾結。

羅珍對我露出微笑，「好啦，不要被奇怪的事情困擾了。」她拍拍我的手，「妳家教課上得還好嗎？」

「還行吧，才上幾堂課而已，我也不曉得。」

「說真的，剩下不到一百天就要考學測了，妳媽怎麼會突然想請家教？」

我弓著身子，將下巴擱在膝蓋上，陷入一陣沉默，不知道該怎麼向羅珍解釋。

雖然把真相說出去也沒關係，可是一想到任梁成為我家教的真正理由，就不知該如何開口。

老媽其實也只是受人之託。

她跟那位同事似乎認識很多年，對方在工作上也幫了她很多。

雖然老媽平時看似漫不經心，但其實重情重義，尤其又是相處這麼久的工作夥伴，她肯定無法拒絕。她還告訴我，其實現在付給任梁的薪水，是任梁母親事先交給她的。

任梁來幫我上課，老媽不但可以幫上同事的忙，還可以藉機惡補我的國文，換作是我也會答應對方。

這麼說來，我從頭到尾都是受益的那一方，卻從任梁那裡聽見道謝。如果不是為了這件事，那會是什麼？我們昨天明明都快吵起來了，我哪有做什麼值得他感謝的事？

只要一想起任梁，我的胸口就開始發悶，伴隨著滿滿的困惑。

「幹麼？怎麼不說話？」羅珍疑惑地問。

我搖搖頭，在膝蓋上蹭了蹭下巴。

「誰知道我媽在想什麼？反正我也接受這件事了，會好好上課。」

羅珍點點頭，突然摸了摸我的頭。

「我們一起加油，努力在學測就考上理想學校，然後好好玩樂吧！等考完學測，我想要一口氣看好多好多小說！」她往後一仰，望著天空，語氣充滿期盼。

「小說啊……」我不禁想起良人。

良人究竟什麼時候會出版新作呢？

我盯著天空發呆了好一陣子，覺得心煩意亂。

好像只要開始為了一件事情感到心煩，其他瑣碎的煩惱就會一起找上門。

儘管學測將近，但學校該上的藝能課還是沒少過。

今天的美術課，老師特地教我們編織幸運手環。

幸運手環既容易上手，又能寄託美好祝福，非常適合考生。

課堂一開始，老師請大家閉上眼睛，想著一個想要祝福的人。

我慢慢閉上雙眼，迎接一片淺薄黑暗。

輕音樂流瀉而出，彷彿一點點卸下內心的防備和武裝。

內心就像一片平靜無波的池子，在想起某個人的瞬間，泛起一絲漣漪。

那雙桃花眼，乍看覺得寒意滲人，可是當直直望入他眼底，卻能感到潛藏其中的溫柔，以及一股難以言喻的悲傷。

「好，可以睜開眼睛了。」美術老師宣布，「現在，開始試著為你所想的那個人編織手環吧！當然也可以將這份祝福送給自己。」

我睜開眼，一時無法適應燈光。任梁的身影卻逕自進駐我的眼底。

羅珍轉過來說：「妍然，我想編一條給自己當幸運御守，祝福我學測順利。妳要不要也編給自己？」

我猶豫了半晌，搖搖頭。

——就當是給任梁的回禮吧。

他那麼用心教我國文，本來就該感謝他。

何況，我那天才從他那裡得到祝福……

「說真的，詳細原因我也不是很清楚，雖然是同事，但也不好意思問太多。只是大概知道他遇到了不開心的事，狀態不太好，所以休學一年。」

「兄弟，辛苦你了。」

想起這些依附在任梁身上的過去，我覺得他更需要這份幸運來驅散眼底的悲傷。

我深吸一口氣，選好心儀的彩繩，開始動手編織。

星期三這天，我整天都坐立難安，放學後也是慢吞吞地走出校門。

沉寂將近一星期的心事，又再度襲上心頭。任梁那雙浸滿憂愁的眼眸不時在我腦海中閃現，一想到待會就要看見他，我心中五味雜陳。

我下意識摸著口袋裡的幸運手環，忍不住開始緊張起來。

我究竟要怎麼給他？

恰好經過一間窗明几淨的衣飾店，我不由得停下腳步。

「喂，送你的！」我對著玻璃櫥窗上的倒影說。

這樣他會以為這是垃圾吧？我嘆了一口氣，搖搖頭。

清了清嗓，再次嘗試：「我美術課多做的，喏，送你。」

太尷尬了。我根本像第一天上班的詐騙新手。

忽然發現店員注意到我，似乎正要出來推銷，我急忙拎起書包，迅速逃離現場。

隨著離家越來越近，我的腳步也變得越來越慢。

彎進通往我家的小巷時，馬路上車水馬龍的聲音似乎都被隔絕了。與此同時，我察覺身後跟隨著一陣腳步聲。

那道腳步聲很沉穩，我好奇地回頭，映入眼簾的卻是任梁那雙深邃的桃花眼。

我愣在原地，下意識抓緊口袋裡的幸運手環，深怕不小心掉出來被他看見。

任梁也停了下來，望著我，表情冷淡。

我張了張嘴，卻完全發不出聲音來。

我們倆就這樣對視了好一陣子。

「怎麼停下來了？」任梁的聲音依舊冷淡平靜。

我將髮絲勾到耳後，聲音微弱：「你、你怎麼會在這裡？」

「我在這裡有什麼不對？」他反問。

任梁要到我家幫我上課，經過這條小巷是再合理不過的事。

我無奈地閉上眼睛，默默在心裡對自己翻了個白眼。

驀然，他的聲音傳來：「妳沒聯絡我。」

「什麼？」我睜開眼，愕然地看向他。

我為什麼要聯絡他？這句話是什麼意思？

「問題。」他答。

我用力拍了一下腦門，「啊！」

上星期的那張考卷，我錯誤的地方都還沒訂正！任梁還叮囑有問題可以聯絡他，我竟然把這件事忘得一乾二淨！

「妳忘了。」任梁篤定地說。

「……我才沒忘。」我心虛地微笑，「待會就要問了嘛。」

才怪。我連自己錯什麼題目都還沒看清楚。

任梁似乎不太在意我的話，率先邁開步伐，走在我前面。

看著他的背影，我踮了踮腳尖，小心翼翼地跟上，和他維持著兩步的距離。

「那個……」我終於鼓起勇氣。

任梁停下腳步，稍微偏頭過來看我。

胸口有什麼正在急速膨脹，像即將滿溢的水杯。

我從口袋裡掏出手環，雙手遞到他面前。

「這個……是要給你的。」

我低頭不敢看他，感覺聲音都不像是自己的。

其實，說出口的當下我就後悔了。這種開頭方式真是太爛了！

一瞬間我慌了手腳，正準備要收回手，手心卻忽然一空。

我驚愕地抬頭。

任梁右手拿起那條手環，端詳半晌，才慢慢地看向我。

「給我的？」他輕聲確認。

我心臟一緊，輕輕點頭，滿腦子都在想：拜託別拒絕，那樣我會很尷尬！

幸好，任梁將它收進口袋裡。

「……謝謝。」

你不戴上嗎？我本來想這麼問，可是他這個動作已是某種暗示，我不該自討沒趣。這讓我心情莫名沮喪。

「既然你收下我的好意……能不能讓我問個問題？」

「嗯。」

我做了一次深呼吸，吐出氣息的同時，一口氣吐出內心話：「上次，你為什麼要對我道謝？」

任梁的表情變了，像突然結了一層霜。

我渾身僵硬，此時心裡比起膽怯，更多的是驚訝和困惑。那句「謝謝」背後究竟隱藏著什麼？

任梁沉默著，整個人轉過來望著我。我終於能夠看清楚他的表情。

他的眼神和上次一模一樣，既幽深又複雜。

羅珍說，我只是想太多，光憑眼神根本看不出對方心裡在想什麼。

可是為什麼，今天再次與他對望，我心中仍會升起一股極為難受的情緒？

忽然，任梁朝我伸出手，我盯著他，完全動彈不得。

眼看他手指離得越來越近，我下意識閉起眼睛。

下一秒，掌心輕輕覆上我的雙眼。

他的指尖帶著一股涼意，掌心卻暖暖的。

「……別用這種眼神看我。」任梁低沉的嗓音傳來。

我閉著雙眼，只覺得他的氣息近在咫尺，彷彿有吻落在耳梢。

太靜了，這條巷子。沸騰喧囂的心跳聲，加快了臉頰升溫的速度。

他的手，依舊覆在我的眼皮上。

「……哪種眼神？」

我所看見的任梁，眼裡充滿悲傷。

那他看見的呢？我在他眼裡是什麼樣子？

我在黑暗裡等待他的回答，任梁卻始終沉默。我想出聲追問，聲音卻哽在喉間，完全開不了口。

「孫妍然……」

這好像是任梁第一次叫我的名字。

他的聲音帶著濃烈苦澀，我的靈魂彷彿隨之震盪。

「妳別總是盯著我。」

他的語氣似乎帶著一絲無奈、一絲排斥，以及試圖說服誰的堅決。

是要說服誰呢？

雙眼上的溫度突然抽離，我茫然地睜開雙眼，映入眼簾的已是任梁的背影。

我瞇起眼睛，只覺得任梁在我的目光裡，變得越來越渺小、越來越模糊……

我忍不住追上去，急切地想要跟上任梁的步伐。

看著他的身影，好想再問些什麼，關於他每一個突如其來的舉動、關於他每一句令人匪夷所思的話，然而他剛才的語氣，彷彿想將我推離他的世界。

此時的我，只敢默默跟在他身後，將自己縮得越來越小，連心臟跳動的頻率，都不敢超越他的步伐節奏。

我是不是，不該送出那條手環？

在這之後的幾堂家教課，全都風平浪靜地結束了。

我寫了幾張考卷，而任梁指導我許多題目。

一切如常，可是我們卻絕口不再提起巷子裡的事。

我是因為不敢。

那任梁呢？

第三章　他的無聲溫柔

由於那天的事，我心中總是莫名不安，上課時也變得格外聽話。

今天是第十堂家教課。桌上擺了兩份考卷，我手裡拿著黑色原子筆，眼睛卻忍不住朝任梁看去。

任梁不知道什麼時候已經轉身背對著我，他最近總是如此，像藉此避開我的視線。這讓我有點生氣，可是又沒理由向他發難。

他盤著腿，腿上擱著一本厚厚的書。

我看不見任梁的表情，只見他維持同樣的姿勢很久，卻遲遲沒聽見他翻書的聲音。

「妳沒在寫。」忽然，他的聲音傳來。

我嚇一跳，手中的黑筆摔到地上。

「我的筆！」心臟一涼，髒話到了嘴邊，差點脫口而出。

我立刻撿起筆，在考卷上畫了幾下，發現它果然斷水了。

最近發呆的次數變多，好幾枝原子筆都被我失手甩飛而斷送性命，案發現場遍及教室與房間各個角落。剛才摔斷的那一枝，是我最後一枝黑筆……

更慘的是，明天模擬考要考作文，規定只能用黑筆寫！

「這下子明天怎麼考試……」我忍不住抱頭哀號。

我苦著臉看向任梁，卻發現他一點動靜也沒有，依舊背對著我維持相同的姿勢。甚至就在這個瞬間，他輕輕翻頁，動作優雅流暢、不疾不徐。

一聽見那細瑣的翻書聲，我的理智立刻斷了線，感覺這三個禮拜以來的委屈全都要爆發了！

這幾堂家教課我都乖順得不行，叫我寫考卷我就寫，叫我訂正考卷我就訂正，即使考卷越來越多都咬牙撐過去。即使還有一堆科目要讀，我也是硬著頭皮先把國文解決。他說一我絕不說二，他往東我絕不往西，難道我本性就是如此乖巧嗎？我可是揣著忐忑不安的心情和他度過了好幾個禮拜！

要不是因為他，我怎麼會如此心神不寧，摔斷那麼多枝筆？而他現在一點都不關心我，還這麼悠閒地看書？

最讓我抓狂的是我送他的那條手環，就算不想戴，也該掛出來讓我看看吧！這不是做人的基本禮節嗎？手環送出去都多久了，我竟然沒再見過它。

「喂！你好歹關心我一下吧？」我大喊。

這還是我這段時間以來第一次對他這麼沒禮貌，但我的怒氣值早已破表了。人的忍耐是有限度的！

任梁終於轉過頭來，瞥了我一眼，很快挪開視線。

他又翻了一頁，平靜地問：「為什麼突然大吼大叫？」

「你還問為什麼？你——」我想一口氣把怨念發洩出來，包括那天在巷子裡那些沒頭沒腦的舉動和對話，還有他這種令人捉摸不透的態度。

可是話到了嘴邊，卻怎麼也說不出口。

「你、你——」我指著他的鼻子，「你！」

我想自己大概已經漲紅了臉。

「我怎麼？」他問。

我頓時就沒了底氣，垂下眼。

「……算了，沒什麼。我只是……」

「只是？」

「只是希望，你能多看看我。」

「……妳說什麼？」任梁的語氣難得有了一絲起伏。

我愣然抬眼，迎上任梁驚訝的表情。

我頓時一陣茫然。剛才我有說什麼嗎？

驀然，腦海裡重播了一次剛剛說出口的話。我這才意識到自己這句話多曖昧、多像在撒嬌！

我臉頰開始發熱，簡直要燒起來了。

「不是！我不是那個意思！我、我……」我慌張解釋。

任梁靜靜地看著我，臉上不再有驚詫，眼神恢復了平靜。

我還想說些什麼，任梁卻忽然朝我一笑。我瞪大眼睛，忘了呼吸。

他唇角微彎，輕淺弧度勾起我心中的一縷悸動。

這個笑容並不苦澀，是發自內心的愉快。而他眼底的幽深，似乎也有了一瞬的光彩。

剎那間，我心中似乎有一處鬆動了，露出微小的縫隙。

一股迫切的渴望浮現，我渴望看見更多任梁的笑容，渴望看見他眼中出現雨過天晴的明淨。

任梁離開後，我緩步走到客廳，痴痴地盯著大門。

意識到自己這行為有多詭異，搖搖頭甩出雜念，趕緊轉身回房。

「……妳等等。」老媽突然喊住我。

「幹麼？」

「妳先過來，坐一下。」她伸手按下遙控器，把電視關了。

老媽平時最愛看韓劇，現在都還沒播完，她怎麼會捨得把電視關掉？

我驚訝地看著她，「是要說什麼大事？」

「廢話那麼多。妳先過來再說！」老媽有些不耐煩地招了招手。

不知道她葫蘆裡賣的是什麼藥，我有些狐疑地朝她走過去，又不敢坐得太近，於是貼著沙發另一頭盯著她。

「妳想說什麼？」

「還能說什麼……妳如果真的不想上家教，那就算了吧。」

我微瞠雙眸，難掩心中訝異。

雖然一開始是老媽強迫我上家教，但現在我都已經接受這件事了，她怎麼又突然說這種話？

「我本來想說一週上兩次課應該不會對妳有什麼影響，看妳後來也沒再反對就以為妳接受了，只是……」她表情擔憂，「看來妳是真的很排斥家教課？」

「我哪有？」

「沒有嗎？」老媽眉頭一皺，「妳最近總是魂不守舍的樣子，難道不是因為家教課？」

我一時說不出話，愣愣地望著她。最近常發呆，雖然並非因為家教課本身，但的確是因為任梁。

「雖然我很想幫同事的忙，但要是妳真的不想上家教課，那就別上了。」

「也不是……」

「妳不必顧忌任梁的事。他母親那邊我會去好好解釋，相信她能理解。」

「我……」雖然老媽有所誤會，但沒想到她心裡這麼擔心我。

當初我還埋怨她作風霸道專制，其實自己內心深處很清楚，她總是用這種笨拙的方式愛著我。

「怎麼樣？」老媽皺眉問道。

「我……我沒有不想上家教課。」

「真的？」老媽半信半疑，「真的不是顧忌任梁母親的請託吧？」

我搖搖頭，篤定地說：「嗯，不是。」

我才沒這麼好說話，只為了別人的請託就甘願上課。

老媽點點頭，露出了然的神情。

「不過關於家教課，妳自己是怎麼想的？」

「什麼意思？」我偏頭問。

「不管原因是什麼，妳會想繼續上課嗎？」她問。

我皺起眉頭，發現自己根本沒仔細想過這問題。

雖然早就接受了上家教課的事，卻好像跟「想」或「不想」沒什麼關係，反而比較像羅珍說的「逆來順受」。

「看妳這表情，肯定沒想法。」老媽笑了笑，「那妳再考慮看看吧，考試不是沒剩多久時間了？如果妳覺得上課沒用，那不上也沒關係。」

「……好。」

只能說，老媽真的非常了解我。

她重新拿起遙控器，打開電視。

「要說的事我已經說完了，妳趕快去做自己的事吧！」

難得如此正經和老媽商量事情，這讓我有點不習慣。

「那、那我去讀書嘍……」扭捏地說完，我匆匆起身離開客廳。

回到房間後，我準備收拾剛才寫的國文考卷，赫然發現桌子上擺著一枝黑筆。

我拾起那枝陌生的黑筆，這是任梁留下來的吧？

任梁今天完全沒有使用過黑筆，而且他向來細心謹慎，怎麼會把東西忘在這裡？我偏頭端詳，感到一陣茫然。

難道他是刻意把筆留在這裡，打算借給我？我睜大眼，定睛看著手上的筆。

這不可能吧？我自嘲地笑了幾聲。

任梁最近總是對我不理不睬，怎麼可能這麼貼心？他絕對是忘了。

可是當我翻開考卷，不由得一愣。

考卷角落寫著一行字，我認出那是任梁的字跡：借妳。

短短兩個字，卻令我心臟為之一顫。

我拿著考卷，對著房裡的燈光。薄如蟬翼的紙張透出光線，襯出他筆畫裡潛藏的溫柔明朗。

連那個神經大條的老媽都發現我的異狀，看來我的確被任梁的事影響了不少……

老媽剛才和我商量的事驀然浮現腦海。

距離學測剩不到八十天了，我的國文不可能在這段期間突飛猛進。如果不上家教課的話，可以省下不少時間去複習其他科目，這對我才是最有利的選擇。若論投資報酬率，任誰都會選擇放棄家教課吧？

先是之前那聲道謝，再來是巷子裡的那些對話，任梁總是會做出一些沒頭沒腦的事，即使現在看似風平浪靜，但他刻意閃避我的眼神、不敢與我對視，我不敢說自己沒受到半分影響。

好像在不知不覺間，我的腦海就只容得下任梁的事情了。

我總是想著他到底為什麼要對我說那些話？到底為什麼要休學？到底為什麼如此悲傷……好多好多「為什麼」塞滿我的思緒，甚至連給予祝福都第一時間想起他。

無論如何，一個即將學測的考生成天想著別的事情，不專心讀書，最後總會嘗到苦頭的。

我越想越無奈，抱緊膝蓋，腦袋像是灌了鉛一樣沉重。

隔天到學校時，羅珍指著我的臉，驚奇地問：「孫妍然，妳的眼睛怎麼了？」

「什麼怎麼了？」我順手將書包甩到位子上。

雖然早自習還沒開始，但已經有不少同學到學校了。大家都坐在座位上認真讀書，準備待會的模擬考。

「妳眼睛超腫！」發現大家都在看書，羅珍趕緊壓低音量：「妳昨天哭了？」

「我沒事幹麼要哭？」想想不對，我又問：「我的眼睛……真的很腫？」

羅珍用力點頭，從抽屜裡拿出她隨身攜帶的小鏡子。

「妳自己看嘍！妳早上難道都不照鏡子？」

事實上，我今天睡過頭，所以洗臉時只是隨便潑幾下，刷牙時嘴裡含著牙刷在房間慌張地整理書包，根本無暇檢視自己。

接過羅珍手上的鏡子，看見裡頭倒映出自己的眼睛。

果然有點腫，底下甚至還有一圈淡淡的黑影。

我不禁嘆了一口氣，伸手把鏡子還給她。

「我昨天太晚睡了。」

「該不會是為了模擬考而挑燈夜戰吧?這不像妳的風格。」

我搖搖頭,「我平時最堅守規律作息了,怎麼可能突然通宵讀書?」

「那是怎麼了?幹麼熬夜?」羅珍問。

「……在想事情,睡不著。」我心虛地垂下視線。

「妳最近是不是有什麼煩惱?」她擔心地說:「看妳上課也常常走神,一會就要考試了,狀況還行嗎?」

我露出苦笑,「還可以啦,別擔心我。」才剛說完,就忍不住打呵欠。

羅珍瞇起眼睛,表情饒富興味。

「讓我猜。昨天是星期四,也就是咱們妍然上家教課的日子——說!妳的煩惱是不是跟家教課有關?」

我脫口而出:「妳怎麼知道?」她簡直可以去當算命師了!

「果然如此。」羅珍露出一副「果不其然」的表情,雙手抱胸。

「自從妳開始上家教以後,整個人就變得怪怪的。尤其每週三、四這兩天發呆次數特別多,有時候跟妳說話妳也不回答。我只是沒問而已,妳以為我都沒發現嗎?」

我趴在桌上,有些頹喪地說:「原來這麼明顯嗎……」

「所以說,妳到底怎麼了?」羅珍蹙眉。

我還來不及回答,就見羅珍突然瞪大眼睛,倒抽了一口氣。

「該不會是……不會吧？」

「不會什麼？」

「妳該不會喜歡上那個叫任梁的家教吧！」羅珍提高音調，在桌子上猛力一拍。

我嚇得從椅子上跳起來，緊張地左右張望，同學們都在看著我們……

「妳幹麼那麼大聲？」

「啊，對不起！」羅珍紅著臉向大家道歉，接著抓住我的手，「我們去外面說！」

離開教室的前一刻，我看見所有人都用曖昧的表情看著我。

媽呀，該死的羅珍！

走出教室後，我怒瞪著她，「妳到底在胡說些什麼？」

羅珍聽了我的話，反而露出戲謔的笑容。

「幹麼？難道我說錯了？」

「當然說錯了！」

「不然呢？」羅珍好奇地看著我，「如果不是因為喜歡上他，那妳為什麼總是因為家教課而愁眉苦臉？而且，美術課那天的手環，妳送給誰啦？」

我愣住，發現自己根本無法反駁。

「看吧！默認了。」羅珍幸災樂禍地攬住我的肩膀。

「我之前就說妳根本滿腦子都是男人，我果然料事如神。」

「料妳個大頭鬼。」我甩掉羅珍的手，瞅了她一眼，「妳不要亂說。」

「到底怎麼了？」這次她似乎是真的有點好奇了。

「我……」我完全不知道該怎麼解釋。只要一扯到任梁的事，腦袋就一片混亂。

「幹麼一副欲言又止的樣子。」

「其實，我在煩惱該不該繼續上家教課。」

雖然這只是我眾多煩惱的冰山一角，但的確是我的困擾之一。

「妳不是上得好好的？怎麼突然開始擔心了？」

我沉默，實在不知該從何說起。

或許是見我面色有異，羅珍不再追問，反而露出一抹燦爛笑容。

「好啦！既然妳不想說，那我也不多問了。如果真有什麼煩惱，歡迎隨時來找我談心！」她拍拍自己的胸口，志得意滿地說：「我可是個專業的垃圾桶。」

我笑了出來，「謝謝妳。」

「不說了，待會要考試了，我可不像妳這個學霸，我得趕快去抱一下佛腳！」羅珍對我吐舌頭，便匆匆地跑進教室。

我站在走廊上，做了一次深呼吸，調整好心態，試圖振作起來。

我攥緊拳心，對自己精神喊話：「沒錯！我要好好考試！不可以再胡思亂想了！」

至少，我不該在模擬考前煩惱任梁的事。

也許是精神喊話起了效用，我順利度過模擬考，只有考作文時，盯著手上的黑筆不小心走神，但也因緊迫的考試時間而很快重新凝聚心神。

原本以為我會像過去那樣輕易地將煩惱拋諸腦後，繼續我隨興悠然的生活，卻在模擬考結束的隔週早上立刻破功。

早自習時，老師發下模擬考的答案本。

大家一拿到答案本，便開始埋頭批改自己的題本。

我心裡也有點激動，將全部科目的題本疊在桌上，準備開始對答案。

此時，羅珍轉過頭來，笑著提議：「我們要不要交換改一下？」

「喔，好啊。」我一口應下，將自己的題本交給羅珍。

「怎麼突然想到要交換改？」

羅珍笑了幾聲，有點不懷好意。

「因為改妳的題本很方便，只要一直勾、一直勾就好了，可以省下紅筆的墨水。」

我噗哧一笑，「我最好是有那麼厲害！」

互相交換題本後，我們便各自埋頭批改。雖然羅珍常說自己是「學渣」，但是在我看來，其實她很認真，成績也一直是中上，才沒有她說的那麼慘。

我沒有太注意她的動靜，一本接著一本專心地批改著，改到最後一本的時候，羅珍突然轉頭敲敲我的桌子。

「妳改好了?也太快了吧!」我驚訝地問。

羅珍搖搖頭，面有難色，「我還沒改好，可是……」

「可是什麼?」我隱有不安。

「妳昨天是不是說，在考慮要不要繼續上家教?」

「嗯，是啊。妳不是還問我上得好好的，怎麼突然開始擔心了。」

羅珍垂下眼，吞吞吐吐:「呃，這只是我的個人想法，」她表情忐忑，抬眼道:「也許，妳真的該好好考慮一下，要不要繼續上家教。」

「什麼意思?」我詫異地看著她。

「我在想，妳是不是因為太認真在惡補國文，所以沒時間唸其他科目?」

我聽了，不禁蹙起眉頭，「妳到底想說什麼?」

羅珍抿抿唇，「妳的模擬考，似乎錯得有點慘……」

她越說越小聲，小心翼翼地觀察著我的表情，最後忍不住強調:「是有點而已，真的只是有點!」

我的腦袋一片空白，只是直直地盯著她。

羅珍似乎也有點尷尬，將題本推到我面前。

「……妳要不要自己看看?」

我著急地接過題本，一本一本接著翻。

看見上面為數不少的紅字，我感覺心涼了一半，完全不敢對上羅珍的目光，只覺得太丟臉了。

我仔細看了一下自己錯的題目，發現有一堆是我想著A卻填B、題目要選錯的我卻選成對的，甚至有些手寫題竟然漏掉沒寫。

我的眼眶開始發燙，一股難受的情緒在心中膨脹。

羅珍慌張地說：「妳別想太多！反、反正這只是模擬考，又不是學測！對吧？」

我根本聽不進羅珍的安慰，只是努力扯開微笑，「三八，我沒事啦！」

羅珍擔心地望著我，「真的沒事嗎？」

「嗯，沒事沒事。」我伸了個懶腰，故作輕鬆。

恰好，鐘聲響了。

「下課了。我去一下廁所！」說完，我不敢去看羅珍的表情，頭也不回地跑出教室。

衝到最後一間女廁，才剛關上門，臉上的笑容就垮了下來，眼前浮上水氣。

我覺得非常難堪，恨不得就把自己關在這裡，不想出去面對他人的目光。連將我視作學霸的羅珍都說我考得有點慘，代表我是真的考差了……

雖然我很隨興，卻是個很愛面子的人。

這種丟臉的感覺實在讓我不好受，甚至狠狠打擊我的自信心。

一想起羅珍說，要我好好考慮要不要繼續上家教的事，心臟便倏然泛疼。

如果成績還能維持水準就算了，偏偏成績滑鐵盧，都已經到這個地步了，如果我再不放棄家教課、再不遠離任梁，繼續放任他影響我，那我就真的是白痴了吧？

可是為什麼，只要一想到這件事，我就忍不住想哭……

明明不是什麼大不了的事，區區家教課竟讓我整天魂不守舍、心事重重。我忍住淚水，卻越想越難受。

任梁那種悲傷的眼神、那些滿載苦澀的話語、那抹落寞的背影，光是想起這些，我就感覺到一股心痛……到底是為什麼？

眼前漫開水霧，凝結成淚滴。

淚水卻始終沒有落下來。

✿

這天，家教課再次來臨。

我揣著忐忑的心情踏入家門，只見老媽坐得直挺，朝我招了招手。

「妳先過來，我跟妳說件事。」

「……什麼事？」我一陣緊張，難道她要說家教課的事？

「明晚我有事不在家，妳早上出門記得帶鑰匙，不然妳和任老師就要被關在門外了。」

我鬆了一口氣，原來只是這種小事啊……

我點點頭，「好，我努力記得。」

「一定要記得！」

「好啦。」

「之前我提的事，妳應該有在考慮吧？」

聞言，我一時之間不知道該怎麼回應。

「要是考慮好就趕緊告訴我，如果不上了，我也需要時間跟任梁母親說一聲。」

「……知道了。」我垂下眼，心情變得特別沉重。

「嗯，這件事晚點再說。妳快點進去吧，別耽誤上課時間。」

我用力點點頭，迅速地跑向房間，簡直像落荒而逃。

我匆匆忙忙打開房門，便看見任梁。

「哈、哈囉……」我尷尬地說。

任梁沒有回應，只是撇頭挪開了目光。

察覺他的迴避，我心中莫名一沉。前幾天化作淚滴的難過滋味，此時仍在心頭翻騰不息。

我放下書包，拿出鉛筆盒裡的黑筆，瞥了任梁一眼，硬著頭皮將筆遞給他。

「謝謝你的黑筆……」

任梁頓了一下，伸出手來接過我手上的筆。

當我抬眼，恰好與他對上視線。

這一瞬，心中彷彿有一小角，陷落在他那雙漂亮的眼睛裡。

「模擬考題本呢？」他問。

「什麼題本？」我裝傻。

「妳不是前幾天模擬考嗎？應該對過答案了。」

我沒回答，雙手無處安放，只能緊攥著制服裙襬。

「……考差了？」他尾音略揚，彷彿在我心上撓了一下。

我猶豫半晌，才笨拙地點了點頭。

「沒關係。」他的聲音傳來，「給我看看吧。」

我抬起頭，愣怔望著任梁，他的聲音裡透出一絲溫柔……

我將模擬考題本遞給他，任梁低頭認真翻閱。

一想到自己錯了那麼多不該錯的題目，有些還是任梁再三強調過的觀念，我不禁感到愧疚。任梁會不會覺得是他教得不好？

「發生什麼事了嗎？」任梁問。

我緊抿著脣，不敢吭聲。

「不舒服？」

我趕緊搖頭，「沒有。」

「妳現在臉很紅。」他輕擰起眉，「發燒了？」

才剛說完，沒等我反應，任梁已經伸手過來，將掌心貼在我額頭上。

我渾身一震，心臟倏然緊縮，跳得又急又快。

「應該沒發燒。」他收回了手，反覆翻閱題本。

「如果沒有不舒服……」他沒再往下說，低頭盯著題本，語氣納悶。

我把頭垂得很低，感覺渾身都在發燙。

「我不是因為不舒服才考差！」

任梁直直地望著我，眉頭微蹙。

「是因為……」

聽見自己的聲音在顫抖，眼角驀然發燙，一股想哭的衝動又湧上來。

「是因為你，任梁。」

任梁明顯一愣。

「為什麼要對我說那些莫名其妙的話、為什麼要刻意迴避我的視線……我根本不是不在意，只是不敢問而已。因為你，我總是心神不寧，現在連考試都考砸了！」我哽咽地說，「再這樣下去，連我自己都覺得不該上家教課了……」

一說出口我就後悔了，任梁會不會覺得我是在小題大作，甚至是在推卸責任？明明是自己粗心犯錯，考差了又怎能怪他。

我想說些什麼，卻看見他的眼底漾開一抹柔情，依稀迷離。

「對不起。」任深聲音極輕，落在我的耳底，像落在肩頭的初雪。

「任深，」我輕喚，想起與他相遇以來的點點滴滴，「你能不能把話說清楚，別總是這樣忽遠忽近的，好不好？」

任深周身豎著冰冷的高牆，不願輕易讓人走入他的世界。就算好不容易尋到一處縫隙，他永遠只是點到為止。

我想知道更多、想了解更多、想試著幫助他，他卻再也不說了。

所以，我希望任深親口告訴我。告訴我，藏在他眼神裡的苦澀，究竟從何而來……

我想看清楚，屬於他的故事究竟是什麼模樣。

「抱歉，妍然。」他嗓音清冷，「我沒什麼可說的。如果那些話造成妳的困擾，那就全忘掉吧。」

話音落下，任深驀然朝我伸出手，輕觸我的臉頰。

我微瞠雙眸，感受到他指尖的溫度，一路蔓延直抵內心深處，心口一點一點泛開涼意……

「我不是故意困擾妳的。」

他的桃花眼裡，倒映出我茫然的表情。

「事實上，那些話也與妳無關。妳不必放在心上。」

與我無關……這四個字在腦海中反覆碰撞，刺穿我所有自以為是。

所以，一直以來都只是我自作多情嗎？

我曾經天真地以為，他對我展露笑顏，那眼中一瞬迸發的光彩，代表我有機會走入他的故事，可以嘗試碰觸他的悲傷……

原來，在任梁眼裡，我只是個無關緊要的人。

他會向我吐露心事，根本不是因為我值得他信任，只不過是恰巧被我聽見了。

畢竟我們才認識沒多久，對他來說，我大概就只是個什麼都不懂的高中生，會為了考卷上的分數又哭又笑、為了微不足道的小事焦慮煩憂。

這樣幼稚而傻氣的我，怎麼可能是他傾吐心事的對象？

「你以為自己是在哄小孩嗎？」

憤怒與失望高漲沸騰，我拍掉他的手，渾身都在發抖。

「對我說了那些沒頭沒腦的話，只想用一句『與妳無關』敷衍了事？你有沒有想過，我為了那些話煩惱多久，想問卻不敢問？面對你莫名閃避的眼神，還要反省自己是不是做錯什麼事，這種感覺你能明白嗎？真的會很生氣很委屈很煩躁！」

既然我只是個無關緊要的人，他又何必對我說那些話，增加我的煩惱。

「孫妍然……」

「如果真的與我無關，一開始就不要對我亂說話！這樣耍人很好玩嗎？搞得別人暈頭轉向，不曉得你到底在想些什麼，這樣很有趣嗎？」

「妍然，我……」

「我是真的很擔心你……」我眼前浮上氤氳，聲音哽咽，「因為你那些『不必放在心上』的話，我擔心你、想了解你、想幫助你，現在你卻說與我無關，然後撇得乾乾淨淨的，搞得好像只是我在多管閒事。」

「……對不起。」任梁的聲音很輕。

「誰要你的對不起？」

就算我再怎麼隨興，學測對我而言是攸關人生的考試。為了任梁的事情而考試失常，真是難堪到了極點。這幾天以來，我根本不敢面對羅珍的安慰，遇到有人討論模擬考成績就退避三舍，唯恐他們問起我考得如何。

但已經沒關係了。

從現在開始，任梁怎麼想我都沒關係了，我不要再在意他了。

我幹麼為這種人浪費自己的時間？

「明天，我們就上最後一堂課吧。」我說。

任梁驚訝地望著我。

「我覺得，上家教對我沒什麼好處，反而增加我的煩惱，」我鼓起勇氣說，「所以，我不想上課了！」

觸及任梁的目光，心中逐漸漫開疼痛，但我不容許自己後悔。

就像羅珍說的，這陣子我真的花太多心力在國文上面，所以顧此失彼。而我這次模擬考會如此粗心大意，也是因為任梁的關係。

不管怎麼想，停止家教課才是正確的選擇。

眼底水光滿溢，淚珠驀然滴落，浸入心口，鹹得刺痛難耐。

任梁斂去驚訝，眼波流轉蕭瑟。

我們望著彼此，像一場互不相讓的對峙，誰也不肯開口。

最終，是他讓步了。

「……好。」他微笑，輕喃：「這樣也好。」

我一愣，這句話是什麼意思？

不過對他而言，我只是個無關緊要的人，何必在意他的事。

反正過了明天，我們就會真正成為與彼此無關的陌生人。

晚上，我輾轉難眠，最後開了燈，拿起床頭櫃上的小說。

今天和任梁說的每句話，都在此時浮上心頭，我翻著書頁，只感覺心情越來越沉重。

不知道是第幾次摸著作者簡介裡的那句話，我輕輕唸出來：「深信每個故事都能成為誰的良人。」

這句話似乎帶著魔力，讓我紛亂的心逐漸平靜下來。真的就這樣結束了嗎？我忍不住盯著上頭的字出神。

我和任梁之間，就只是家教老師與學生的關係。

如果他對我的成績沒幫助，徒增我的煩惱，那我中斷家教課很正常。但不曉得為什麼，在他的那些悲傷與冷漠面前，我的舉動似乎就變得格外自私、幼稚。

當我放下手中的書，裡頭的書籤掉了出來。

是任梁送給我的壓花書籤。

我心一橫，將它藏到書封和書套之間，眼不見為淨。

接著，我用棉被把自己裹起來。被褥質地冰涼細緻，摩娑肌膚，一點一點滲入體內。

就像任梁給我的感覺，起初圍繞著刺骨寒意、令人難以親近。然而隨著時間流逝，我已習以為常，甚至偶爾能窺見他潛藏其中的溫柔。

一想到自己明天就要失去這份溫柔，我心中漾開一股酸澀。

明明我終於能擺脫任梁這個大麻煩，不再為他煩惱憂心，為什麼我現在一點輕鬆的感覺都沒有，反而有一股沉重的失落感在心中發散。

也許是因為連日來都沒睡好，早上一起床覺得身體特別沉重，完全提不起勁來。我也沒什麼胃口，喝了幾口牛奶便匆匆出門。

到學校後，感覺自己渾身力氣都被抽乾，趴在桌上小憩。

羅珍大概發現了我的異樣，輕敲幾下桌面。

「妳怎麼回事？今天都不說話，變啞巴了？」

其實我也不知道自己怎麼了，說不上哪裡不舒服，只覺得頭重腳輕，好像手腳都不是自己的。

我眼睛微睜，懶洋洋地應道：「我只是想睡覺，別吵我。」

「昨晚妳該不會又在重看良人的小說吧？」

「才沒有。」我拍了羅珍一下，接著趴回桌面，「我真的想睡覺了。」

後面羅珍說了什麼，我沒聽清楚，思緒模模糊糊。

一整天下來，我就保持上課打瞌睡，下課直接睡的模式，昏沉地過完了一天。

放學時，我和羅珍一起離開學校。沿路我幾乎都沒說話，胸口悶悶的很難受，甚至覺得腸胃開始默默翻攪。

「妳怎麼了？」羅珍問。

「我沒事，只是一想到待會要上家教課就覺得很煩。」我扯唇一笑，畢竟快到家了，不想讓羅珍擔心。

這是我和任梁最後一次見面了，我不由得失落起來，胸口傳來一陣痛楚，而我很清楚這和生病無關。

下一瞬，我趕緊打住，說要中斷家教課的人是我，既然已經做出選擇，這就是最好的決定，沒什麼好懊悔的。

羅珍沒接受我的說法，皺眉問：「妳今天到底怎麼了？怪怪的。」

我沒回答，佯裝翻了個白眼。

她沒這麼好打發，向我走近幾步。「妳真的沒事吧？」

羅珍的表情看起來很正經，我一時有點不習慣。

我用力點點頭，「哪會有什麼事？」

「自從模擬考後我就很擔心妳……等等，好像有點太肉麻了。」她搓搓自己的雙臂，「總之，我們是朋友，妳至少承認這點吧？」

「當然。」

「那妳應該知道，有什麼心事都可以跟我說吧。」羅珍攬住我的肩膀。

「突然對我真心話大告白，奇怪的人是妳吧。」我苦笑。

「什麼啊，我可是在關心妳耶。」羅珍鬆開手，輕輕聳肩，似乎不在意我的調侃。

「既然妳堅持自己沒事，那我就當妳真的沒事了喔。」

我微笑，沒有回答。

「那……我先走了？」羅珍語帶試探，仍是不放心的樣子。

「好啦！什麼時候對我這麼依依不捨了？」我努力擠出笑容，逕自往前走了幾步，朝她揮手，「拜拜，明天小考一起加油喔！」

直到羅珍離開，我才吁出一口氣，邁步彎入自家巷弄。

離家不過短短幾公尺，我已走得滿頭大汗。

從指尖開始，一股冷意竄上背脊，我渾身發冷，甚至有一種想吐的感覺。

好不容易爬上樓，終於看見家裡大門，在書包翻找了好一陣子，才驚覺自己沒帶鑰匙。

沒關係，還有老媽在嘛。

這念頭才剛閃過就被立刻掐滅了，我想起來老媽說她今天不在家！

我驚恐地盯著大門，不會吧？沒這麼衰吧？我不死心地按下電鈴。

果不其然，一分鐘過去依然沒人來應門。我又按了好幾次，根本只是白費力氣，只好放棄。

我渾身癱軟，坐在階梯上，聽見自己的呼吸沉重而急促。

「到底還可以多衰？」我虛弱地自嘲，意識已經墜入渾沌，眼前天旋地轉，思緒越來越模糊……

驀然，有道影子擋住光線。

我緩緩抬眼，映入眼簾的是任梁逆著光的臉龐。

……這是夢嗎？怎麼連夢裡都要見到這傢伙？

「煩死了！」我抱住膝蓋，把臉埋起來，什麼也不想管了。

「妳說誰煩？」

任梁的聲音傳來，有點遙遠，卻又如此接近。

我一凜，抬頭只見任梁已經彎下身，一雙桃花眼望著我，平靜無波。

「怎麼坐在這裡？」任梁瞥了大門一眼，又看向我。

我悶聲回答：「我忘記帶鑰匙，我媽不在。」

任梁沉默下來。我不敢看他，只敢盯著自己的膝蓋。

「妳怎麼了？」他忽然問。

「我……」

眼皮似乎越來越沉重，刻意佯裝的堅強被關心的話語刺破，力氣正一點一點流失。

「我沒事……」

聽見自己的聲音越飄越遠，一股失重感襲來，我彷彿就要掉入無底深淵。

「喂，孫妍然！」

下一秒，我感覺到有隻手托住了我的側臉。

任梁的掌心很柔軟，帶著暖意。我睜開眼，迷茫地看著他。

他捧著我的臉，緊皺著眉頭，「妳怎麼回事？」

今天羅珍好像問過我同樣的話，那時我是怎麼回答的……

任梁蹲下身，湊近我，我幾乎整個人在他的懷裡。他伸手覆上我的額頭，眉頭擰得更深。

「妳額頭為什麼這麼燙？」

還有為什麼？當然是因為發燒啊！我心裡這樣想，但卻說不出口。

思緒好亂，有好多好多事情湧上來，我想起今天是最後一次家教課、想起他那雙悲傷的眼睛、想起他借我黑筆時寫下的漂亮字跡、想起我們三年前的第一次相遇……

我忽然好傷心，伸手抓住了他的衣袖。

眼眶裡湧上淚水，接著斷了線似地往下掉，眼前一片模糊，我看不清任梁的表情，想說些什麼卻不停抽抽噎噎。

任梁一句話也沒說。

但是我能感覺到，他小心翼翼地維持著原先的姿勢，就像要把衣袖留給我的眼淚——這是屬於他的溫柔。

感受他無聲陪伴的瞬間，我哭得更厲害了。

我忍不住洶湧的情緒，眼淚不斷地流，流得彷彿沒有盡頭。我哭得像個孩子，周遭被我的淚水淹成大海，哭聲是海浪，迴盪在整座公寓裡。

回溯我小學三年級那一年，爸爸血癌末期，每天都要挨上好幾針，全身戳滿針孔像個蜂窩一樣，最後連臀部血管也幾乎壞死了，爸爸只能再接受另一次折磨，被推進手術房，將壞死的部分切除。

手術後的那幾個月，他只能趴在病床上，無法躺平、無法翻身、無法睡上安穩的一覺，就連最後也是以這樣的姿勢與我們道別。

爸爸離開的那一天，始終微笑著，眼神卻很悲傷。老媽抱著我坐在病床旁失聲痛哭，卻還是努力擠出笑容面對他。我還記得她的顫抖和哽咽，如今想起來還是很難受，即使當時的我什麼也不懂，那種痛卻深深烙印在我的心中。

相遇是兩個人的事，分離卻是一個人說了算，被留下的那個人根本無法改變任何事。無論生離或死別，只要付出感情就有受傷的可能。

於是我開始害怕離別，害怕失去，害怕看見別人傷心，更害怕自己傷心，所以我才會這麼隨興。煩惱、挫折、困擾這些情緒只要不放在心上就不會是痛苦，而人與人之間的相處只要適可而止就不會是軟肋。

甚至對羅珍我也懂得拿捏分寸，什麼時候該吐露真話、什麼時候該收斂情感，不會完全暴露自己的心。

這不是欺騙，我只是選擇該坦白哪一部分的自己，讓大家看見最簡單的孫妍然。

我沒心沒肺地度過了好長的時光，以為自己可以就這麼過下去，卻在任梁面前粉碎了我一直以來的從容。

任梁那雙盈滿悲傷的眼睛我本該遠離，卻不知不覺吸引了我，從此我再也算不準分寸，只能亦步亦趨跟著心中的衝動，放任自己靠近他多一些、再念掛他多一些，甚至想要分擔他的憂傷。

我意識到這是危險的，所以踩了剎車。直到今天才發現自己已然深陷其中，難以抽身。

我整個人似夢非夢，腦袋亂七八糟，像在作夢一樣。

「醒醒，別在這裡睡覺。」任梁的聲音穿過夢境，抵達我耳畔。

我迷糊地睜開眼，渾身軟綿綿的，任梁托著我的肩膀將我拉起來，我找不到施力的重心，幾乎整個人靠在他身上。

「走吧。」任梁語氣無奈。

「……走去哪？」我問。

「妳別指望我會背妳，自己走。」

憑什麼要跟你走？

明明理智上想反駁，我卻聽見自己輕聲應了，甚至乖乖邁開了步伐。

任梁攬著我，和我一起下樓。

我走得蹣跚，眼前一切都在旋轉，滿腦子只剩下一個念頭——

至少他沒讓我直接摔下樓。

我們一路走到巷口，來到一臺摩托車前。

任梁插進鑰匙，發動引擎。

我在一旁靜靜地看著，直到他遞給我唯一的那頂安全帽。

任梁離我很近很近，伸手替我繫好，動作輕巧溫柔。我直直望入他的眼睛，像被壓進水裡，無法喘息。

任梁跨上了摩托車，示意我也坐上去。

我腦袋還有點轉不過來，傻愣愣地上了後座。

「抓緊。掉下去我可不管妳。」

他一說完便立刻催動油門，完全沒給我反應的時間。

我突然往後一倒，趕緊把自己拉回來，沒抓好力氣，竟重重往他背上一撞，痛得好像精神都瞬間回來了。

我怕真的掉下去，趕緊環住他的腰，感覺到他微微一僵。

我發覺這樣有點不妥，正要鬆開，他左手忽然抓住我的手，重新環上他的腰間。

「說過了抓緊。」任梁的聲音從風裡傳來。

我默默抱緊他的腰，臉貼在他的肩膀上。

他沒有戴安全帽，髮絲在我眼前飄揚，我幾乎要露出微笑。

如果這是一場夢，我希望永遠不要醒來。

第四章　他的最後告別

我睜開眼，發現自己躺在沙發上，映入眼簾的是全然陌生的裝潢，我趕緊坐起來，抬頭四處張望。屋裡收拾得很乾淨，米色的壁紙、暖色系沙發和圓桌，溫馨風格卻和任梁有點沾不上邊。驀然，圓桌上多了一杯水。

我愣愣地看向任梁，他不知道什麼時候出現的，此刻就站在我面前。

「……謝、謝謝。」我遲鈍地說。

雖然意識回籠，腦袋卻還是沉沉的，像裝滿了石子在裡頭滾動。

任梁沒說話，僅是淡淡地瞥了我一眼。

我垂下眼，端起馬克杯輕輕啜飲，水溫不燙，剛好適合入口。

任梁沒有離開，我只好埋頭喝水，沒三兩下就把水喝完了。

「妳先在這裡睡一覺。」任梁說，「我會打電話給令堂，等她來接妳。」

「……好。」我低下頭不敢看他，也不敢再多說什麼。

他起身離開客廳，不知道去了哪裡。沒過多久，他手裡抱著一條毯子和枕頭出現，替我將枕頭放在沙發上，示意我躺下。

在任梁的注視下，我的動作顯得既笨拙又彆扭，我緩緩地躺好，才正準備接過任梁手上的毯子，毯子卻已然落下。

我愣怔地看著任梁，他替我掖好毯子，暖意一路蔓延至鎖骨。

他突然抬頭，我趕緊閉上眼睛。沉默了一會，任梁才淡淡地說：「睡吧。」

感受到他氣息越來越遠，我一顆心才終於放下，偷看了一眼，卻猛然撞上他的視線，我渾身一震，立刻闔上眼睛。

我聽見他低低笑了。

還來不及驚訝，一隻溫暖的大掌驟然覆上我的額頭，伴隨一股觸電般的酥麻，這瞬間心臟彷彿忘了怎麼跳動。

「暫時找不到我媽的溫度計，只能這樣了。」

他聲音很近很近，氣息輕灑在耳畔。

我緊張得不敢呼吸，只能緊閉著雙眼，在黑暗中揣摩他的神情。

很快他的掌心離開了，身旁的氣息也跟著消失。

「我從冰箱裡找到退熱貼，有點冰，忍耐一下。」

還沒意識到他說的話是什麼意思，一股刺骨的冰寒就這樣貼在我的額頭上。

我嚇了一跳，馬上睜開眼睛，驚慌地看著他。

任梁看著我，有點無奈地說：「到底有沒有在聽我說話？」

「我……對不起。」

平時那種爭到底的氣勢沒有了，在他面前我好像什麼話也說不好。

任梁微微一愣。

我沮喪地抿住唇，閉起眼，索性不再看他。

直到我的意識似乎又即將墜入黑暗，忽然感覺任梁湊近我。

「……孫妍然。」

我究竟睡著了沒？這是夢，還是現實？

恍惚間，我聽見熟悉的嗓音覆在耳畔。

「妳，是孫妍然。妳……只是孫妍然。」

任梁的聲音為什麼聽起來如此悲傷？他的話又是什麼意思？

我還沒抓住思緒，就聽見他的腳步聲由近而遠，漸漸消失不見。我伸出手試圖抓住些什麼，可是最後什麼也沒留住。

當我睜開雙眼，才後知後覺地意識到自己這樣有多可笑。

不是夢，一切都是真的。

不能再這樣下去了，我對自己說。

任梁影響我太深。在他面前我無所遁形，彷彿再也沒有可以躲藏的地方……我不想這樣，這不是我想要的。

我抹掉眼角悄然泛出的淚水，再次閉上雙眼，任由黑暗吞噬現實。

思緒像游離在陽光下的塵埃。恍惚之間，我睜開眼，感覺額頭上的冰涼感已經消退，渾身發燙。

我瞇起眼睛，環顧四周。

外頭天色已暗，客廳陷入昏暗，勉強還能看見輪廓。

我睡了多久？現在幾點了？

我從沙發上起身，掀開毯子，喚了一聲：「任梁……」

遲遲沒聽見回答，我只好慢慢站起來，在黑暗中摸索著前進。

腳下踩的每一步都有些虛浮，難道我還在做夢嗎？

我在最後一扇門前停下腳步。房門僅是虛掩著，似有微弱的燈光透出來。

來不及顧慮這樣的舉動是否會失禮，身體先一步推開了門。

這應該是一間書房。中央有張桌子，桌上擺著一盞檯燈和一臺筆記型電腦，還亮著光，乍看有些刺眼，我立刻避開目光。

視線觸及房間另一頭，兩個高大的書櫃，滿滿的全是書。

不對，我在幹麼？怎麼能擅闖別人書房？

我往後退了幾步，想趕緊離開這裡，卻不禁一愣！

不可能……不可能……會不會是我看錯了。

但即使只能看見書脊，那熟悉的簡樸紋理……我緊緊盯著書櫃，難以置信地瞪大眼睛，忍不住走近想再看清楚些。

兩排書架，十幾本書，通通是良人的作品。

我看見書籍之間夾了幾張筆記本內頁紙，沒有多想，便把其中一張紙抽了出來。

字跡是任梁的，內容卻是良人小說裡的文字。

反覆讀過那麼多次，所有對白與描述我幾乎爛熟於心。

不僅如此，紙張上還有塗塗改改的痕跡，好幾句對話都經過刪改修潤，這張紙的主人似乎一直在修改字句。

這瞬間，一個念頭竄入腦海。

良人，任梁。

這兩個名字讀音如此相近，難道他們是……同一個人？

「妳在做什麼？」

我嚇了一大跳，轉過頭去，呆呆地看著任梁，完全不知道該怎麼回答。

任梁看向我身後，似乎明白了什麼。他面無表情，看不出任何情緒。

「令堂打電話給我，說她快到了。」他平靜地說。

「哦……好。」我垂下頭，完全是作賊心虛。

「我剛剛在電話裡和令堂聊了一會。」任梁的聲音忽然低了幾分，像是要說重要的話題。

我抬起頭，發現他的視線並不在我身上，穿過窗櫺，彷彿落在遙遠的地方。

「家教的事……」

聽見這幾個字，我心中微動，突然有種衝動想要阻止他繼續說下去。

但我沒有，只是站在原地一動也不動，聽他說：「今天真的是最後了。」

我咬住唇瓣，眼眶漸漸發燙。

「今堂應該差不多到了，下樓吧。」任梁的聲音沒有絲毫起伏。

也是。任梁是被半強迫來當我的家教，對這件事本來就不怎麼上心，我怎麼會期待他也和我一樣失落？那是不可能的。

「好。」我抬頭望著他，擠出了一抹笑。

下樓時，任梁跟在我身後。

樓梯間裡燈光格外慘白，眼前所見似乎都帶著一股病氣。

我本來想保持沉默，可是聽著身後的腳步聲，一下又一下，彷彿敲在我的心上。

任梁昨天對我說的那些話突然竄上耳畔，腦袋開始飛轉，變得越來越不受控制。

「你……是不是很討厭我？」我的聲音迴盪在樓梯間。

身後的那人停下了腳步。

我胸口堵得發慌，繼續問：「是不是覺得我很幼稚，像是個還沒長大的小女孩？」

任梁沒有出聲。

「是不是覺得我就是個大麻煩，一點都不想和我談心？」

我轉過身，迎上他那雙桃花眼。任梁靜靜地望著我。

「是不是……藏在你眼裡的悲傷，我不該觸碰，也不該試著了解？」

任梁垂下眼，嘴角卻彎起笑意。

「……謝謝妳。」

我愣住。

「妳是很好的女孩。」他重新抬眼，看向我。

這一瞬，我看見任梁眼裡浸滿前所未見的溫柔。

他忽然從口袋裡掏出什麼，朝我攤開手掌，是我送給他的幸運手環。

我眼前驀然浮上淚光。

當時美術課結束後，很多同學都高興地戴上自己編的手環。

或許是因為品質不佳的緣故，幸運繩才戴不到幾週就掉色了。

如今，躺在任梁掌心裡的那條手環，明顯褪色了許多。就像那些同學的手環一樣。

我知道，那是戴過的痕跡。

原來，任梁沒有弄丟我的幸運繩，甚至還戴過它。

「世界上悲傷的人很多，妳不能總是為了偶然遇見的人停下腳步，」他一頓，接著微笑，「那只會讓妳停滯不前。」

我猶豫半晌，搖搖頭。「我不懂你在說什麼。」

「別再因為我而徘徊不前了。踏出腳步，妳的故事還會繼續。但我的故事已經結束了。」

聽著他溫柔的聲音，我心中漾起圈圈漣漪，卻在聽見「結束」二字時，戛然而止。

他伸出手，將幸運手環塞進我手裡。

我想拒絕，可是動作慢了半拍，他的手早已鬆開。

還來不及反應，他已越過我，走到公寓的門口，將門打開。

「走吧。」任梁說。

我知道自己一踏出去，就要和他道別了。雖然還想說些什麼，但好像已經無話可說。

忽然我想起任梁書櫃上那一排的書，是我每晚睡前翻閱的書，我甚至記得那些書的觸感和氣味。顧不得那麼多，我抬起頭，毫無準備地就把話扔出去：「良人……」

任梁微微一愣。

思緒像斷了線一樣，我趕緊組織語句想要繼續追問，也不知道是怎麼了，竟連一句完整的話都說不好，我又氣又急，眼前湧上淚光。

「良人的書……我是說……」

任梁笑了起來，漫開苦澀。他彎著眉眼，染著我無法辨明的色彩。

「孫妍然。」他輕喚，「謝謝妳。但良人……」

我屏住呼吸。

「不會再寫作了。」任梁再度揚起微笑，「屬於良人的故事，也早就結束了。」

「為什麼？」我慌張地問。

任梁不再回答我，他拉起我的手。

我不知所措地跟著他走出公寓，甚至沒意識到自己應該要掙脫。

一走出去，就看見老媽已經等在外頭。身旁停著她的小綿羊機車，連我的安全帽都準備好了。

老媽一看見我，神色緊張地跑過來摸我的額頭，追問我哪裡不舒服。我沒有回答，這瞬間只覺得腦袋發沉，嘴巴張呀張的，卻一個音節也發不出來。

任梁打了招呼，不動聲色地鬆開手。

我急切地看向任梁，他也同樣望著我。然後，他低聲說：「走了。」

簡單俐落的兩個字。

他甚至沒對我說「再見」。彷彿我們真的再也不會見了。

❀

寒冷的一月天，學測終於結束了。

還沒等到最後一科的鐘聲敲響，我就已經交卷，衝出考場，和班上的同學大聲歡呼。

每個人都掛著笑容，朝著天空放聲吶喊，彷彿想向全世界證明我們有多快樂。

因為聲音太吵，某間教室裡的監考老師還走出來要我們安靜點。

我跟著大家一起叫嚷、歡笑，心中卻有一處空蕩蕩的。

學測結束了，我再也不需要家教，也不需要複習任梁教我的任何東西。

所以，我和他真的結束了。

晚上，全班一起去KTV唱歌。

有好幾個同學剛滿十八歲，立刻在包廂裡喝了起來。才開唱不到兩小時，就已經有人醉得不省人事，在桌子上跳舞、胡言亂語，還差點吐在沙發上。

其他未成年的人很守規矩，沒喝酒，但抓著麥克風唱得驚天動地。為了搶歌，還上演了誰切歌切比較快的奇怪比賽。

我沒有喝酒，也沒有唱歌，只是坐在最裡面，靜靜看著他們胡鬧。

羅珍拿著麥克風，閉著眼睛陶醉不已，歌來了她就唱，連沒聽過的歌都唱得很起勁。似乎是覺得過癮了，她終於睜開眼睛，把麥克風遞給別人，瀟灑地走到我旁邊坐下來。

她看著我，不知道問了什麼，我聽不清楚，皺起眉頭，隨口就應了一句：「嗯，妳唱得很好聽。」

羅珍翻了一個白眼，加大音量：「我問的是，妳又怎麼了！」

我微微一愣，不禁垂下眼，不知道該如何回答。

明明考完試的瞬間，我和大家都一樣，感到翻騰的喜悅和解脫。

我知道是任梁牽動了我的情緒。

從他不再當我家教的那一刻，學測成了我生活的重心，我一股腦兒地付出精力和時間，讓自己無暇去思考關於他的事。

而現在，學測結束了，我心中後知後覺地湧上空虛和茫然。

「世界上悲傷的人很多，妳不能總是為了偶然遇見的人停下腳步……」

任梁的聲音清晰地迴盪在我的腦海裡。

我莫名想哭，眼前絢爛的燈光已成為一片模糊的光影。

羅珍沒再追問，在我耳邊說：「我們出去透透氣吧。」

我和她一起出了包廂，離開KTV。

冬天的晚上很冷，我和羅珍抓緊外套、裹好圍巾，坐在臺階上瑟瑟發抖。

「我猜，不是因為考試的事吧？」羅珍問。

我緩慢地點了點頭。

「怎麼回事？」

她問得直接，語氣卻不嚴肅，似乎在告訴我即使不說也沒關係。

這是我們之間的默契。

我微笑，「只是……突然很不知所措，好像心裡缺了一個角。」

「原來如此。」羅珍說，「我好像能明白妳的意思。」

「……羅珍。」我開口。

「嗯？」

「妳曾經失去過什麼人嗎？」我摩娑著手腕上的手環。

羅珍訝異地看著我，「怎麼突然問這個？」

我立刻後悔問羅珍這件事，恨不得收回剛才那句話。

「是那個叫任梁的？」她問。

我頓了頓，一時沒回答。

「別看我這樣神經挺大條，但還是看得出來，自從他出現，妳整個人感覺都不一樣了，尤其是家教課結束後，妳就像一夕長大，變得比以前沉穩。」

我露出苦笑，「是嗎……」

「所以，妳喜歡他？」

我愣了一下。

「應該不太可能吧，我和他根本不了解彼此。」我搖頭，「那段時間也沒發生過值得讓我喜歡上他的事。我們就只是一般的家教老師和學生，時間到了就上課，甚至也沒有什麼互動。」

我像在對羅珍訴說，卻也像在對自己解釋。

我和任梁認識不到三個月，對他完全不了解，但也許任梁早已察覺我對他揣懷微妙的情感。告別時，他要我別為了每一個心碎的人停下腳步，我猜任梁大概認定了我對他的感情是憐憫。

那我呢？

我應該最清楚自己的感情。

我的確被任梁悲傷的目光和氣質吸引，但我對任梁，究竟真的只是憐憫、想要化解他眼眸裡的悲傷，還是……我喜歡上他了？

驀然，我想起許多瑣碎的片段。

他蹲在街上撫摸流浪貓的模樣、他在夜色裡對我說的每一句話、他替我細心地掖好毯子、輕觸我額頭的那種溫柔，以及我在他面前痛哭失聲的光景。

這些，足夠令我喜歡上一個人嗎？

「如果真要符合這些條件才能說喜不喜歡，那愛情就不會被看作是不理性的情感了。不需要什麼互動，只要一個眼神、一個觸碰，甚至只要一句話，愛情就已經在萌芽了。」羅珍說。

我忍不住笑了，「說得這麼厲害，妳不也是母胎單身嗎？」

「我沒在跟妳開玩笑。」羅珍格外認真。

「妳沒聽過一句歌詞嗎？『愛情來得太快就像龍捲風。』嘖嘖，聽了這麼多年情歌、看了這麼多愛情小說，這個道理大家都知道，不需要談過戀愛。在我看來，完全是妳自己當局者迷。甚至，我覺得妳根本就在逃避這件事，不敢去思考自己究竟是不是喜歡上他了。」

我沒有回答，心臟像被針刺了一下。

我輕輕吁出一口氣，頓時漫上了白霧。

「妳說沒發生過值得讓妳喜歡上他的事，這完全算不上什麼理由。妳想想，要是每個人都像小說情節，得來場天災人禍才能相愛，世界早就毀滅了。」

我噗哧一笑，「妳也太誇張了。」

「我是在幫妳耶！」羅珍對我大翻白眼，似乎在隱忍罵髒話的衝動。

「謝謝妳。」我摸摸她冰涼的手背，「妳最好了，羅珍。」

「等等！孫妍然，妳別轉移話題。」羅珍說，「要是真的喜歡就快去追。妳不是早就沒給他上課了嗎？再不聯絡他，說不定他很快就忘記妳了。」

「嗯。」我低下頭，聲音微弱。

我沒告訴羅珍，即使我真的喜歡任梁，也沒把握能再與他見面。

也許羅珍說得對，我根本就不敢深思自己對任梁的感情，所以才會這麼茫然。

但又能怎麼樣呢？故事既然已經結束，即使意猶未盡，也只能反覆地翻閱、回味那些已成過往的情節。

任梁說的話，我可沒忘掉。

我們不會有後續的。

外面太冷，我們沒聊幾句就回到KTV包廂。

有些人已經在沙發上呼呼大睡，有些人還在傾情飆唱。

我實在沒心情，聽他們唱了這麼久也有點累了，我拿起背包決定提早離開。羅珍怕我一個人危險，陪我一起回家。

一路上我們有一搭沒一搭地聊著，到了她家附近才互相道別。

早上六點多，天空漸漸亮了起來，不少人已經出門展開自己新的一天，馬路上又恢復平時的榮景。

雖然今天是週一，但大家約好夜唱完隔天要直接請假，班導不知道從哪裡知道了我們的計畫，本以為平時嚴厲的她會阻止，沒想到她睜一隻眼閉一隻眼，只叫我們一定要和家長報備，注意安全，否則吃不完兜著走。

我走得很慢，回到熟悉的巷口。

天氣似乎又更冷了，我搓著胳膊，想藉此讓自己暖和一點。

快到家的時候，我看見鄰居叔叔下樓，鑽入車內，似乎正要去上班。

我沒在意，繼續往前走。

引擎發動，車子準備啟程的瞬間，從引擎蓋下方傳來尖銳的貓叫聲。幸好駕駛反應快，立刻停車打開引擎蓋查看。

我嚇出一身冷汗，趕緊上前關心。

任梁曾經逗弄的那隻流浪貓，此刻伏在旁邊的車底下驚恐地哈氣。

叔叔見狀鬆了一口氣，「還好你還知道要逃出來，嚇死我了。」

「牠還好吧？」我問。

「喔，是妍然啊！」他看向我，「看起來沒什麼事，幸好牠反應快。」

我端詳著眼前的小貓，發現牠身上有些舊傷，心裡忽然很難受。

見叔叔看了眼手錶，我笑道：「你趕著上班吧？剛好我今天跟學校請假，沒什麼事，我帶牠去看醫生吧。」

聞言，對方欣然應下：「謝謝妳，我正煩惱該怎麼辦才好呢！」

叔叔回到車上，搖下車窗向我再三道謝，便匆匆離開。

我看著地上那隻貓，牠大概嚇得不輕，兩耳往後摺平，朝我齜牙咧嘴，渾身的毛高高豎起，一副對我充滿敵意的樣子。

我第一次近距離看到貓生氣，心裡有點怕，又無法放著牠不管，於是跑到巷口的超商買了一個貓罐頭。

回來時，牠還在原地，不像剛才那麼凶狠，但依舊對我張牙舞爪。

「來，喵喵。」我蹲下身，側身靠近牠，整個人簡直都要趴到地上去了。

牠遲疑了一下，沒有馬上跑掉，這讓我鬆了一口氣。

我將罐頭打開，緩慢地朝牠那裡推。每個動作都小心翼翼，深怕把牠嚇跑。

這隻貓平時大概是被鄰居餵慣了，看見食物，防衛的姿態降低不少，半信半疑地朝我走過來。

牠看了看罐頭，又抬頭看我，我朝牠微笑點頭。

猶豫了幾秒，牠不再盯著我，終於低下頭來專心舔食罐頭，似乎已經接受我的好意。

我想起任梁當初撫摸牠的樣子，鼓起勇氣，慢慢地伸出手——

指尖碰觸到毛茸茸的頭頂，我竟然有點想哭。

牠身上有很多明顯的舊傷，我一邊撫摸牠的毛，一邊和牠低聲說話。

我以前怎麼會認為牠過得很幸福呢？

露宿街頭肯定不好過，不知道牠晚上都睡在哪裡？要是沒人餵牠吃東西，豈不是就餓肚子了？這些傷口都是怎麼來的，是常常和別的貓打架爭地盤嗎？

最後浮現腦海的，是那個夜晚。牠在任梁腳邊磨蹭褲管，彷彿在尋覓一個溫暖的依靠。

我心裡漾起一股惆悵。

任梁不也是這樣的嗎？看似氣定神閒，不需要任何人的陪伴，其實滿身是傷。

牠吃完罐頭後，尾巴輕輕搖晃著，大眼睛圓滾滾地望著我，像在撒嬌。

「你……會想和我回去嗎？」我忍不住問。

貓忽然對我喵了一聲，聲音比平時還要溫和。

「那你以後就叫阿良吧。」我輕聲說。

牠似乎聽懂了，喵了一聲。

「可是不准你尿尿在我家沙發上，這是老媽的死穴，她會把你燉成貓咪濃湯的。」

上一秒還在撒嬌，聽見這句話，牠立刻壓下耳朵，鄙視地看著我，像在嘲笑一個笨蛋。

嗯，很好，我才收留牠不到三十秒，就被當成笨蛋了……

✿

學測結束後的日子，只能用糜爛兩個字來形容。

雖然學測成績還要一陣子才會公布，但大家都已經對過答案，心裡有了底準備繼續拚指考的，早就乖乖去圖書館自習；剩下的人，要不是成績符合期望，要不就是不管成績怎樣，反正不想再折騰一次。

我就是屬於最後那一種。

我的得失心可能早就在學測結束那天畫下句點了，當大家興致勃勃地對答案時，我竟然完全不好奇自己考得怎麼樣。

我的校內排名並不佔優勢，所以不打算申請繁星計畫。既然已經決定要讓學測一次定生死，又何必在意自己的死期？

羅珍在我身邊打轉了好幾天，一直慫恿我對答案，我堅持不肯。

班上同學也不斷追問我的成績，雖然我總是誠實地回答「不知道」，但看到我沒跟著去圖書館唸書，好像都認定我考得非常好，好到怕一講出來嚇死他們。

過沒幾天，大家也就忘記這件事了。

這天，班導忽然宣布每天放學要和大家一對一談話，了解一下班上同學的未來規劃，就從座號一號開始。

從古至今，當一號的人總是沒好事，名字第一個被記住、打針第一個打、作業第一個交、值日生第一個當，連和老師談話也是第一個……

很不幸的，我就是那個一號。

翌日，我莫名緊張，在導師辦公室外面踱來踱去。

怎麼辦？我對未來一點想法也沒有，甚至連自己考得怎麼樣都不知道。

到了這個節骨眼，還不知道自己想唸什麼科系，似乎是件不思進取的事，但我真的什麼想法都沒有啊！

就在糾結的時候，班導走了出來，疑惑地問：「孫妍然，來了就直接進來呀，怎麼站在這？」

我只好硬著頭皮走了進去，坐在沙發上。

班導雖然平時嚴厲，但這種「心靈交流」的時候就溫柔了起來。

她對我笑了笑，給了我一包餅乾。

我愣愣地看著她，心裡想：這是在哄小孩嗎……

「對過答案了嗎？」她問。

我很老實地搖搖頭。

班導有點詫異，「難道不好奇自己的成績嗎？」

我原本真的不好奇，但在這種氛圍下，突然也有點心癢。

「呃……有一點吧。」

其實寫完試卷時，我心裡也是有底的。雖然好像沒出什麼岔子，但也沒表現得特別好，就只是順順地寫完題目。我猜恐怕會和老媽期待的頂尖大學擦身而過。

班導繼續追問：「我已經知道妳不打算繼續考了，那妳現在對志願有什麼想法嗎？」

果然來了。我垂下頭，默默咬了一口餅乾，猶豫了一陣子，心虛地說：「我沒什麼想法。」

班導聽了這句話，竟然沒訓斥我，反而露出微笑。

「我能理解，其實很多人都和妳一樣，不知道自己有什麼特別擅長或特別有興趣的，有些人甚至讀完大學都還找不到答案。妳不必太緊張，只要一步一步往前進，就一定能看見自己想要的未來。」

我沉默地聽著，繼續吃餅乾。班導講得激勵人心，我只打算左耳進右耳出。

「那妳的家人呢？他們對妳有什麼期待嗎？」

我嚥下餅乾，緩緩開口：「對我媽來說，我能上頂尖大學當然是最好。不過其實我做什麼決定都沒關係，因為她只希望我快樂。」

說完，我腦海中浮現自己抓著任梁大哭的場景，霎時心臟彷彿破了一個洞，有什麼正在往外滲出……

我趕緊轉移話題：「老師，妳這裡有學測答案可以對嗎？」

班導先是一愣，接著露出無奈的笑。

「妍然，雖然我教了妳三年，但總覺得還是完全不了解妳。有時候妳很小孩子氣，有時候卻又有一種飽經世故的感覺。」

我不打算深究這些話背後的意思，只當作是誇獎，咧開嘴笑了起來。

班導印了各科的題本，讓我重新寫了一次。大部分的題目我都有印象，所以很快就填好答案。

我這人果然是不見棺材不掉淚，到這種時候才開始緊張起來。

我的指尖泛起涼意，掌心卻沁出汗，我拾起桌上的紅筆，將題本攤平，頗有從容就義的氣勢。

班導坐在我對面，準備唸答案。

「妍然，我要開始嘍。」

我深吸了一口氣，「好，唸吧！」

離開辦公室的時候，班導和我熱情地道別，而我只是揮揮手，刻意不去看她臉上的表情。

黃昏時分，在暖橘色的光芒裡，我的思緒有點沉……

學測結果我沒告訴老媽，羅珍傳訊息和我閒聊時，我也隻字未提。

我默默地將房間所有的高中課本和參考書都收到紙箱裡。

阿良伏在我的書櫃上，倨傲地盯著我忙東忙西。

將所有考卷和課本清空後，書櫃空了一大半，只剩下我買的那些愛情小說。

當目光觸及良人的書，我心中一沉。

最後一堂家教課，也是我得知良人真正身分的那天。

回到家後，我拖著發燒的身體，把床頭的那疊書收到了書櫃最下層。

我不知道自己在做什麼，只是忽然害怕看見那些書，害怕想起任梁……

阿良在這時候忽然跳下來，我張開雙臂，讓牠剛好落在我的懷裡。

我抱緊牠，把牠的臉湊近自己，蹭了幾下，阿良發出煩躁的叫聲。

「你說，我去找他好不好？」

阿良完全不想理我，鄙夷地看了我一眼，接著使勁掙脫我的禁錮，回到書櫃上睡覺。

我揣著空虛的懷抱，不禁紅了眼眶，對著書櫃上那排良人的書喃喃自語：「任梁……我去找你，好不好？」

我拿起擺在最裡面的那本書，拆開書套，將藏在裡頭的壓花書籤拿出來。

摸著那張書籤，我輕聲呢喃——

擇你所愛，愛你所擇。

這一次，我不要再逃避了。換我主動去找你。

不再逃避，這就是我的選擇。

這年寒冬，我學測總級分頂標，順利申請進入時東大學會計系。

——時東大學，是任梁的學校。

第五章　他的青春一隅

老媽對於我考上時東大學非常高興，恨不得每天把我的錄取通知書繫在腰上去逛菜市場。才沒幾天，整棟公寓都知道了這件事，每次我在樓梯間遇到鄰居，總不免要客套幾句。

雖然覺得困擾，但看到老媽開心的樣子，我也只好由她去了。

歷經公布成績、準備備審資料、面試結束、選填志願到現在錄取結果宣布，竟也不知不覺過去了四個多月。天氣開始轉熱，只要離開冷氣房幾分鐘就全身是汗。

六月的第一個禮拜，我三年的高中生活正式畫下句點。

羅珍錄取了一所不錯的大學，唸的是織品服裝學系，而這所大學剛好就在時東附近。

畢業這天，羅珍熱淚盈眶地握住我的手說：「我知道我們從來不是這麼肉麻的關係，但今天要畢業了，我還是要告訴妳，我愛妳，孫妍然！嗚嗚……」

我聽了笑得差點在地板上打滾。

不是因為我沒血沒淚，而是我和羅珍上大學後打算一起租房子。

一想到以後天天都要見面，聽到這種告白又怎麼能忍住笑意？

不過，我打從心底覺得能繼續和她膩在一起，真是太好了。

羅珍細心又隨和，沒什麼心眼，總是真誠對待每個人。我喜歡羅珍這樣的個性，她是我少數能夠輕鬆相處的對象。

畢業後迎來了人生最長的暑假，我和羅珍展開找房子的辛苦過程，光是要討論出共識，就耗費我們好幾個星期的時間。

在老媽和羅珍家人的幫助下，我們終於成功找到心儀的住所，很快地簽了約，開學後就要搬進去。

剩下的這段時間，我和羅珍約好每天去圖書館吹冷氣看書，我們訂了一個瘋狂的目標，要在開學前把這裡所有的言情小說看完。

然而，當我們看完了青春愛情小說，準備進攻滿滿一大書櫃的總裁系列小說時，羅珍因為要和家人出國旅遊，退出了這個計畫。

羅珍不在，我也沒了繼續挑戰的意欲，何況一個人在圖書館裡，不畏他人目光、拿著總裁小說，實在需要一點恥力。

接近開學時，我參加了時東大學為期一天的新生訓練。

出發的前一天晚上，我躺在床上輾轉難眠，心臟跳得很快。

這是我第一次真正意識到自己要踏入大學生活，踏入有任梁在的那所大學，儘管他已經休學。

光是想到這件事，全身的血液彷彿開始沸騰，我做了幾次深呼吸，試圖冷靜，卻無法停止思緒在深夜裡騷動。

隔天一早，鬧鐘響起的時候，我感覺頭疼欲裂，腦袋像被人撬出一個洞。

下了樓，老媽已經在等我了。

我拖著沉重的身軀走過去，打開車門後，慢吞吞地爬上副駕駛座。

老媽瞟了我一眼，開口念叨：「孫妍然，妳在搞什麼？」

我累得沒力氣跟她說話，呆呆地盯著前方，勉強哼了一聲。

「今天可是妳展開大學新生活的第一天，這一副死氣沉沉的樣子是怎麼回事？還有，妳穿得這麼邋遢，要是沒給同學留下好印象怎麼辦？」老媽一張嘴像機關槍一樣不停向我掃射過來。

我抬眼，無奈地說：「不就是新生訓練而已，幹麼費心打扮……」

我不過是穿了T恤和牛仔褲，說「邋遢」也太誇張了吧。

「孫妍然！」老媽用一種恨鐵不成鋼的眼神盯著我，「虧我把妳這張臉生得白白淨淨，妳穿成這樣根本是糟蹋我的基因。」

我傻眼地看著老媽，「妳是不是對『新生訓練』這四個字有什麼誤解？妳該不會把它當成全校聯誼大會吧？」

老媽睥睨地看著我，「妳比我還不懂，新生訓練根本不是重點，重點是大家都想趁機交朋友。我跟妳打賭，今天學校的女同學們都會穿得花枝招展，然後每雙眼睛都在搜尋條件不錯的對象！」老媽越說越激動，抓著我的肩膀猛力搖晃。

我本來就覺得頭痛，現在被這麼一搖，簡直要吐出來了。

我甩開她的手，「我幹麼跟妳打賭？就算她們都穿得花枝招展，我幹麼湊一腳啊？我又不想搜尋什麼條件好的對象。」

「妳說什麼？妳不想談戀愛嗎？」

「不行嗎？」

「當然不行！」她重重地打了一下我的手背。

「妳看看妳，國中只知道讀書，高中也沒玩社團，連暑假都過得這麼頹靡，如果要用一個詞形容妳的少女時代，那就是『無聊』！難道妳的大學生活也要繼續無聊下去嗎？妳青春正盛，課業、社團和戀愛的三學分，尤其是戀愛，千萬要好好把握。」

我完全不懂老媽的思考方式，高中時她不斷暗示要我考上頂尖大學，現在卻反過來要我快去談戀愛？

我實在聽不下去，冷聲問：「這位女士，妳說完了沒？可不可以趕快載我去學校？再這樣下去，我不只無法驚豔全場，還會在新生訓練這天大遲到。」

老媽雙手抱胸，一副不容妥協的姿態。

「不行。想要我載妳，就先給我上樓換件衣服。」

「妳吃錯什麼藥？」

老媽突然微笑，那笑容看得我毛骨悚然。

「既然妳都拚死拚活考到好大學了，現在當然要好好享受青春呀，寶貝。」

我崩潰大叫，「快點載我去好嗎！」

「聽話換衣服，否則想都別想。」老媽笑吟吟地說。

最後，我為了不要在新生訓練壓軸登場，還是妥協了。我換上一件荷葉邊的吊帶連身裙，而且還是露肩設計。

當我換好衣服回到車上時，老媽露出非常滿意的笑容。

「好，這件很好！是我喜歡的風格！」她頻頻點頭。

這麼少女風的衣服，當然不是我買的，老媽上禮拜從菜市場回來，扔來一件衣服要我試穿，我還疑惑她為什麼挑了這麼不適合我的衣服。

此刻，我的肩頭涼颼颼的，原來她早就不懷好意。

老媽開車抵達學校時，我竟然沒遲到，真是萬幸。

我匆匆向老媽道別，跟著人潮一起前進。沒想到過了一個轉角，學長姊們夾道歡迎，一看到我們就立刻扯開嗓子用力歡呼鼓掌，整座校園的氣氛像一顆被灌滿氣的氣球，在空中飛舞起來。

對上學長姊熱烈的眼神，我實在有點不自在，只好加快腳步走向報到處。

報到處在操場，所有大一新生都在這裡集合。

我在報到桌簽到後，忍不住瞇起眼睛環顧四周。操場上密密麻麻坐著一大群新生，有十幾個工作人員舉著科系的牌子站在最前面。

大家必須找到自己科系的牌子，各自排成一列隊伍。

那些舉牌的人穿著同樣的上衣，看上去應該都是學長姊，即使是如此炎熱的天氣，他們還是露出非常燦爛的笑容。

早上十點，太陽就猖狂不已，肌膚感覺像被無數針扎著，痲痲癢癢的，不用幾分鐘便已汗流浹背。很多新生都撐起傘，以免陽光的侵擾。

大家彼此不認識，現場本來就充斥著一股生澀的安靜，現在更因為隔著雨傘而愈顯尷尬。

我小心翼翼地排到「會計系」的人群後面，因為人多，我的腿不小心碰到一個人的手臂，我立刻向對方道歉。

我的聲音並不大，但在這樣彆扭的氣氛下，只要小小一個動靜便能引起其他人的注意，我看見有人扭頭瞥了我一眼。

但不知道是不是心理作用，我隱約覺得大家在收回視線的瞬間，又再多看了我一眼。

驀然，我聽見有人低低地說：「好漂亮。」

是在說我嗎？這句稱讚讓我的臉霎時燙了起來。

我趕緊蹲下身，混入隊伍，讓自己不要那麼顯眼，想起自己裸露在外的肩膀，恨不得在地板挖個洞鑽進去。

緩口氣後，心情終於平復，我發覺等待活動開始的這段時間，實在無聊透頂。

看到大家都在低頭滑手機，我也忍不住拿出手機和羅珍聊天。

羅珍上禮拜五剛回國，錯過了她學校的新生訓練，此時興致盎然地問我好不好玩。

「不知道，根本還沒開始。我只知道我要熱死了。」我飛快地在手機上打字。

「是不是很多人打扮得很誇張？妳呢？有沒有好好打扮？該不會又是T恤配牛仔褲吧？」

嗚嗚……為什麼連羅珍也這樣說我？

見我沒回訊息，羅珍似乎很激動，短短時間就打了一大堆字。

「不會吧！妳還真的用那副樣子去參加新生訓練？孫妍然，妳要有點長進啊！雖然妳長得不差，但人要衣裝，佛要金裝，在大學脫魯的第一步就是好好打扮自己！」

我忍住翻白眼的衝動，琢磨著該不該告訴她我被老媽脅迫的辛酸血淚史……正當我準備送出訊息時，一道身影出現在我眼前。

我停下動作，疑惑地抬起頭，卻撞進一雙逆光的眼眸。

我愣愣地望著對方，他有著健康的小麥色肌膚、蓄著很短的頭髮，亮閃閃的眼睛，彷彿抓住了所有的陽光。

我往自己身後看了看，確定並沒有其他人，他真的是在看我，我轉身，困惑地朝他皺眉。

他是有什麼話要說嗎？

只見他遲遲不開口，表情像忽然凝滯了一樣，愣愣地望著我。

「同學，你……」才剛開口，我就發現他身上穿著工作人員的衣服，馬上改口：「學長，請問有什麼事嗎？」

他如夢初醒，睜大眼睛，尷尬地笑了。

「啊！不好意思！我是想提醒妳活動準備開始了，手機可能得先收起來。」他的語調高昂、聲音宏亮，渾身充滿一股青春活力的氣息。

經他這麼一提醒我才意識到，剛才主持人用麥克風提醒過大家要收起手機，我卻和羅珍聊得太入迷，忽略了這件事。

我有點不好意思，趕緊把手機塞到裙子口袋裡，歉疚一笑。

「抱歉，我剛剛沒注意到。」

「沒關係，學妹。」他笑容依舊，眼神卻多了一絲探詢的意味，「只是，妳……」

只見他欲言又止，濃眉微微蹙起。

我納悶地問：「還有什麼事嗎？」

也許是意識到自己的失態，學長語速急促：「抱歉，我不是故意一直盯著妳看的。只是妳看起來很眼熟。」

「噢……」我應聲，不知道該說什麼。

「阿愷！活動都要開始了，提醒完就回去自己崗位上啊！竟然在這裡偷懶？找死！」一個學姊突然竄出來，一把勾住學長的脖子。

「等一下啦！讓我再說句話就好！」學長急忙叫嚷。

他掙脫禁錮後，重新跑到我面前，雙眼炯炯有神。

我還來不及反應，就聽見他鄭重地說：「學妹，我是會計系三年級的鄭昔愷，妳可以叫我阿愷。有什麼問題都歡迎來問我。」

「好……謝謝。」我一頭霧水，根本搞不清楚狀況，只得僵硬又客套地應了下來。

離開前，他朝我燦爛一笑，露出彎彎的笑眼。

這位學長，似乎是挺熱情的性格。

不過……剛剛他說我「很眼熟」？

突然，我聽見四周傳來窸窸窣窣的聲音，循聲看去，只見不少新生低聲在議論些什麼。當他們一觸及我的視線，立刻別開眼，聲音也小聲了許多。

但有幾個女生沒控制好音量，一字一句清楚地落入我的耳裡。

「學長好帥！」

「那好像是會計系籃球隊的隊長吧……也是學生會的幹部。」

「難道是被搭訕了？好羨慕。」

我的臉登時燒了起來。

搭、搭訕？

怎麼可能！

但回想剛才學長的話，不就是搭訕常用的話術嗎？

老媽買的這件連身裙，魅力可真大。我的臉熱得簡直要炸開了。

我慌張的不知所措，主持人的聲音恰好傳來，為新生訓練拉開序幕。在場的新生們全都好奇地抬頭看向前方。

我低下頭用手搧風，希望臉上的熱燙可以趕快消退。

新生訓練過了大半天，我的腦袋早已被複雜的選課方式、各處室的資訊塞得滿滿的，實在無暇顧及和學長的這段小插曲。

下午，新生訓練已接近尾聲。

所有新生和工作人員都待在禮堂裡，聽校長和各處室老師致詞，才開場不到十分鐘，底下的新生們早已昏昏欲睡，包括我。

我坐在靠近走道的位子，禮堂裡空調溫度剛好，再加上平緩的說話聲，我右手撐著下巴，眼皮沉重得快要闔起來……

驀然，感覺自己肩膀被拍了幾下。

我嚇得抬頭一看，是昔愷學長！

他笑嘻嘻地看著我，輕聲問：「學妹，偷偷打瞌睡？」

我回過神，他突然找我要做什麼？

昔愷學長左顧右盼了一會，壓低聲音道：「能跟我來一下嗎？」

我雖然不明所以，但也不好直接拒絕，只好遲疑地點點頭。

才剛準備起身，就立刻被昔愷學長壓住肩膀。他慌張地用氣音說：「動作別太大，會被發現！」

難道我們現在是要偷偷去做什麼壞事嗎……

我彎下腰，跟在他身後走出禮堂，外頭一個人也沒有，整條走廊顯得有些空曠。

「昔愷學長，你找我到底有什麼事？」

他依舊帶著燦爛的笑容。

「學妹，我說過，叫我阿愷就好了。」

「喔……我儘量。」

「反正在禮堂裡聽那些老頭子說話也很無聊。妳想不想去校園晃晃？」

「呃……這樣不好吧？」學長也太隨興了。

而且，他把我叫出來，就只是為了這件事？

「妳放心。」學長笑得爽朗，「我們只要在結束前回來就行了。」

我不禁感到猶豫。難道學長真的是想搭訕我？

「妍然。」他突然喊我的名字。

我嚇了一跳。學長為什麼會知道我的名字？

「妳該不會以為我在搭訕妳吧？」他笑著問我。

我陷入尷尬，故作鎮定地微笑。「沒有啊，怎麼會？」

「是我不好，沒跟妳自我介紹。」

我一愣，不懂他的意思。

「自我介紹？」

「嗯！我一直沒告訴妳，其實我是妳的直屬學長。」他露出微笑。

我傻住，訝異地盯著他。

「直、直屬？」

「對啊，時東的直屬制是用系級來分的，妳是大一會計系二十七號，我是大三會計系二十七號，我們就是直屬關係。」他笑嘻嘻地向我解釋，「妳本來還會有大二和大四的直屬，可惜一個去年轉系、一個今年休學。所以就只剩我們兩個相依為命了，小學妹！」

說完，他還假裝抹眼淚，一副可憐兮兮的樣子。

我以為學長在搭訕我，原來根本是自作多情，簡直丟臉丟到外太空去了！

「妳來報到的時候，我就記住了妳的名字。後來有機會跟妳說話，卻被妳的臉嚇到，忘記告訴妳直屬的事。」

「被我的臉嚇到？我長得很可怕嗎……」我嘴角抽了抽。

「呃，我的意思是說，我那時說妳眼熟，是真的覺得妳長得很像我的一個朋友，所以一時反應不過來。」他撓撓下巴，有點尷尬的樣子。

「沒關係……是我想太多了，不好意思。」

我竟然這麼丟臉，真想挖個洞躲起來！不過真相大白，我也鬆了一口氣。

「既然誤會解開了，那現在應該可以去逛校園了吧，學妹？」

阿愷學長故意加重了「學妹」兩個字，彷彿在揶揄我的誤會。

我也顧不上才剛認識沒多久，直接瞪了他一眼，看到我的反應，學長哈哈大笑。

他推著我的肩膀，「別生氣了！我帶妳去吃學校有名的蜜糖吐司。」

我撥掉阿愷學長的手，佯怒地說：「我會自己走！」

說完，我很瀟灑地往前走，卻聽到阿愷學長在我背後大笑。

「小學妹，妳走錯方向了！」

我轉頭，只見學長憋著笑，表情滑稽，我又瞪了他一眼。

我怎麼會認為這個人想搭訕我？

他擺明就是想笑話我而已吧！

在看到菜單上印著華麗的蜜糖吐司時，我的怒氣全消失得一乾二淨。

羅珍常看網紅的美食分享，我也跟著聽了不少。所以在我踏進這座校園以前，就已有所耳聞。

時東大學的蜜糖吐司，就是知名甜點勝地之一！

如今竟然能親自品嚐，我下意識嚥了口口水。

一大塊色澤飽滿、厚度扎實的吐司，淋上香甜可口的巧克力醬，上面還擺了一整球的巧克力冰淇淋……

「我就要這個了！」我指著照片，對阿愷學長說。

如果現在看得到自己的表情，我的眼裡應該足夠容納整座星河。

「嗯，巧克力口味的確好吃。」阿愷學長認真地評價。

「不過，我還以為妳會比較喜歡草莓口味。」他不經意說了這麼一句，便起身去櫃檯點餐。

我愣在原地，抓著菜單的手莫名變得僵硬。

曾經有那樣一個人，將蛋糕上的草莓分給了我，下一秒卻又露出懊惱的表情，將草莓收回自己的盤子裡。

難道我長了一張很愛吃草莓的臉嗎？我的心沉了下來。

阿愷學長回來時，疑惑地問：「妳怎麼了？難道後悔點巧克力口味嗎？」

我搖搖頭，沒說話。

「後悔也沒關係，反正妳現在是時東的學生了，每天都可以吃到，而且還打九折。」阿愷學長拿起我手中的菜單，放在指尖上轉圈。

「但我保證，妳吃幾次後就會膩了。」

我微微一笑，「謝謝你請客。」

「這沒什麼啦。」他彎起眉眼，「以後換妳請我啊！但我可不要吃蜜糖吐司。我想吃學校隔壁巷子的那間火鍋店。」

「你還真敢講。」我笑道。

「對了，來交換一下聯絡方式吧。」他說。

我們互加了通訊軟體。

阿愷學長的頭貼是張自拍照。我瞇起眼，不曉得為什麼，總覺得照片裡的他有點眼熟。

我甩甩頭，把想法抛到一邊，「眼熟」這個詞可不能亂用啊！

吃完蜜糖吐司後，我的心情好像明朗了不少。果然甜食能夠治癒人心。

我跟著阿愷學長漫步校園，時東大學很美，四處綠意盎然，每棟建築都有各自的特色，它們相互輝映，讓整座校園變得豐富多彩。

這是我的學校。對於這件事，我還沒什麼實感。

驀然想起這些風景，也有個人曾經漫步其中，我的心忽然就變得一片柔軟。因為任梁我才進入時東，是我單方面的執著，讓我和他的故事多了零星的隻字片語。

至今我還會想起他，但我應該知足的。

回到禮堂的時候，典禮正接近尾聲。

阿愷學長一出現，立刻被一個學姊抓去痛罵。眼看情勢不利，深怕自己捲入其中，我立刻溜回座位，和大家一起收拾東西準備離開。

宣布散會後，很多人都搶著要和學長姊拍照留念，人潮塞在禮堂門口。

我想自己應該跟阿愷學長說聲再見，今天要不是因為他，我可能會睡死在禮堂裡，也無緣這麼早嚐到時東的好滋味。

我到處尋覓阿愷學長的身影，最後發現他正被一群學妹圍著合照。

我站在遠處，忍不住笑了。

阿愷學長人緣真好，可惜有點惡趣味。

只見他對著手機鏡頭露出燦爛的笑容，還在學妹的簇擁下比了一個勝利手勢。

看到這一幕，我忽然全身一僵。

我想起一張照片。

一群人圍繞著一個冷若冰霜的男人，其中一人對著鏡頭笑咧了嘴，一手勾著中間那男人的脖子，另一手比出勝利手勢。

中間的男人，是任梁。而勾著他的那個人，就是阿愷學長。

阿愷學長，是任梁的朋友。

這瞬間，我的心臟陡然揪緊。

意識到阿愷學長和任梁之間的關係，四周的空氣像被一瞬抽乾。

我悶得慌，顧不上道別，立刻抓緊包包離開禮堂。

我一路奔跑，橫跨整個校園，儘管已經滿身大汗，卻也不敢輕易放慢腳步。我害怕自己一慢下來，又會陷入記憶中的那雙桃花眼裡。

出了校門口，我站在路邊四處張望，才停下半晌，就感覺到渾身的血液像沸騰的水，滾燙而激烈地湧動著。

終於看見熟悉的車牌號碼，我立刻跑過去。一關上車門，我長長地吁出一口氣。

我這才發現，自己的每一口呼吸都很勉強，喉頭又乾又痛。

「孫妍然，妳剛剛是在逃命嗎？怎麼氣喘吁吁的？」老媽疑惑地問。

我還很喘，根本回答不出來，只能一個勁地搖頭。

老媽突然大笑起來，一邊發動引擎一邊說：「看到妳穿這裙子跑步，畫面挺好笑的，我應該要用手機錄下來！」

我瞪她一眼，無聲抗議。

「怎麼樣？今天穿了這件裙子，有沒有驚為天人？」老媽語調充滿期待。

我撇過頭去，沒理她。

「妳到底怎麼回事？」

「……沒事，我太累了。」

我故意打了個呵欠。

「我昨天沒睡好，今天頭痛死了，早上還被妳逼著上樓換衣服，心更累。」

「還能諷刺我，看來妳一點事也沒有！」

我沒打算繼續跟她吵，決定裝睡。

「把汗擦一擦，妳這樣會感冒。」老媽扔給我一包衛生紙，「別弄得這麼狼狽，待會我們跟別人有約。」

聞言，我一愣，轉頭看她。

「跟誰有約？」

我看向窗外，發現沿路的景致有些陌生，似乎不是回家的路。

「跟任梁的媽媽。我們約好六點在餐廳見面。」

我瞪大眼睛，腦袋一片空白。

「……為什麼？」我的聲音有些顫抖。

「還能為什麼？」老媽輕哼一聲，「當然是感謝她讓兒子來當妳的家教呀。要不是有任梁這孩子的惡補，妳的國文能拿頂標？不拖累其他科就不錯了。」

我抿住唇，緊盯著窗外一整排的行道樹，突然不知道該怎麼辦才好。

「任梁認真負責，雖然當初我也是受人之託，但還是該請頓飯答謝。何況我們後來臨時結束家教課，實在也有點過意不去。」

老媽說的是事實。

尤其，最後是我那麼任性地結束家教課。

我忐忑地開口：「那……」

老媽問：「什麼？」

「任梁也會去嗎？」問出這句話，耳邊彷彿只剩下自己心臟失速跳動的聲音。

「不會。他不知道我和他媽媽之間的協議，怕他知道了心裡會不舒服，所以沒找他一起吃飯。」

我捏緊手心，完全不曉得自己究竟是鬆了一口氣，還是感到可惜。

為了轉換心情，我掏出手機，才發現手機已經被羅珍的訊息塞爆了。

「孫妍然妳為什麼已讀我！」

「快回我！我好無聊！」

「妳們學校有沒有帥哥啊？」

「……妳是故意不理我的嗎？找死嗎？」

我唇角上揚，正要點開回覆，畫面卻突然跳出一則新訊息。

鄭昔愷（阿愷）：「怎麼突然走了？我剛剛有看到妳在等我。」

我頓了一下，沒料到他有看見我。

我沒有馬上回覆，手指在螢幕上猶疑不定。

一想起阿愷學長和任梁之間的關聯，一種深深的疲憊感浮現心頭。我忍不住輕嘆一口氣。

紅燈時，老媽停下車，扭頭過來，雙眼閃亮亮地盯著我看。

「幹麼？」總覺得她又要有什麼驚人的發言。

「妳是談戀愛了吧？」

我抽了抽嘴角，「妳從哪得來的結論？」

「一直盯著手機，一下開心一下惆悵，難道不是談戀愛？」老媽挑起眉毛，「還是，妳今天真的有豔遇？」

她眨了眨眼，腦袋湊過來想看我的手機。

我反應太慢，螢幕上的字句盡收她眼底。

「鄭昔愷？沒聽妳提過，肯定是今天認識的吧！看照片還挺帥的！孫妍然，妳果然是我的女兒，魅力四射啊！」

我徹底無語，真不知道她到底是在誇我，還是拐個彎在誇自己。

「妳不要亂講話，他是我的直屬學長。」

「直屬學長又怎麼了？又不是妳的直系血親，難道不能結婚嗎？」

……真不想承認眼前這個人是我媽。

「我懶得理妳，妳開心就好。」

「不過，為什麼妳要等他？難道不是他該等妳嗎？」老媽話鋒一轉。

我翻了個白眼，「妳好煩哪。」

「這不能開玩笑。」她突然認真地對我說，「還沒開始交往，付出多的那一方很容易受傷。妳應該要好好觀察對方，讓他來追求妳，千萬不可以一開始就付出全部的感情，這樣只會受傷，就像飛蛾撲火一樣。」

我愣愣地看著老媽。

綠燈了，老媽看向前方，車子又再次顛簸起來。

她說的話，在我心中掀起圈圈漣漪。

一開始就付出全部的感情，過去的我絕不可能犯這種錯誤——

直到遇上任梁。

那一天，我在他面前痛哭失聲的光景，迄今仍歷歷在目。

我告訴自己，趁現在收拾這份感情，肯定還來得及的。

我閉上眼睛，眼眶發酸。

老媽叫醒我的時候，外頭天色已黑。

我揉揉眼睛，「到了？」

「對，別睡了，拜託擦擦妳的口水。」

聞言，我趕緊用手背抹了抹嘴角。

老媽伸手替我解開安全帶，下一秒突然捏住我的臉頰，痛得我齜牙咧嘴，她哈哈大笑。

被她這麼一鬧，我的睡意早就消失無蹤。

但一股莫名的緊張感突然襲上心頭。

我下了車，跟在老媽身後踏入餐館。

任梁的媽媽已經在等我們了，她坐在位子上，抬頭朝我們看過來。

她穿著簡單的洋裝，隨興地紮起馬尾，鬢角露出了幾絲白髮。

她的笑容給人一種溫暖的感覺，那雙明亮的眼睛透著一股暖意。

即使蘊含的情緒截然不同，我還是在那雙眸子裡看見了任梁的影子。

我垂下眼，不敢繼續看下去。怕自己好不容易建立起來的勇氣，全都煙消雲散。

她揚著唇，聲音溫柔：「路上塞車了吧？辛苦妳們了。」

老媽笑了幾聲，熟稔得拍拍她的手臂，坐進對面的位子。「客套什麼！妳點餐了沒？我聽說這家的咖哩醬口感很特別……」

說到一半，老媽突然看我，「看到人怎麼不打招呼？」

我慌張地開口：「阿姨好。」

「沒事沒事。」任阿姨爽朗的笑聲傳來，「快坐吧！我聽妳媽說，今天妳去參加時東的新生訓練，現在一定很累吧？」

我乖巧地拉開椅子，坐到老媽旁邊。

「不會，能跟阿姨吃飯我很開心。」才剛說完，正好撞上任阿姨含笑的目光。

我嚇了一跳，來不及反應，就這樣愣愣地望著她。卻也在這個瞬間，察覺到任阿姨臉上閃過一絲詫異，但很快又消失不見。

她噙著淺笑，「妳叫做妍然，對吧？常聽妳媽媽提起妳，今天第一次見到面，妳真的長得很漂亮。」

聽到稱讚，老媽的臉比我紅得更快。她一邊用手替自己搧風，一邊笑著說：「三八啦！幹麼講這種客套話。」

任阿姨但笑不語，朝我投來的眼神，卻依舊流轉著我看不懂的情緒，還沒等我釐清其中涵義，老媽扔過來一份菜單，硬生生打斷了我的思緒。

「妳要吃什麼？趕快決定，服務生來了。」老媽催促道。

我低低應了一聲，隨口點了一份義大利麵。

服務生收走菜單後，空蕩蕩的餐桌似乎成了兩個女人的聊天室。

她們滔滔不絕地聊著，從天氣聊到工作，又從工作聊到同事的八卦，最後幾乎變成了吐苦水大會……

也許是察覺冷落我太久，話題突然轉到我身上。

「差點忘了，恭喜妍然考上時東會計！」任阿姨高興地說。

老媽明明聽了很開心，卻還不忘客套：「哎呀！要不是有妳兒子的幫忙，她怎麼可能上得了時東？」

一提起任梁，餐桌上的氣氛忽然有點沉重。

「謝謝妳們，當初答應我這麼臨時的要求。」任阿姨開口。

「千萬別這麼說！說起來，我們才是受益的那一方。」老媽真心地說。

「他休學的這一年過得很消沉。從小到大任梁就是個陽光開朗的孩子，我從沒想過他會變得這麼鬱鬱寡歡。我不知道該怎麼幫他，才想找點事讓他做，又不希望他有壓力，只好謊稱妳非常希望他能當妍然的家教。」

我心中一刺，雙手緊攥著自己的裙襬。

即使我還是不曉得任梁休學的原因，但光聽任阿姨這麼說，我就已然難受不已，彷彿有什個東西卡在喉嚨裡，又乾又疼。

「我理解。」老媽放柔了聲音，「很抱歉，我們這麼突然就終止了家教課。」

「沒關係，畢竟妍然面對的是攸關人生的大考，要是不習慣任梁的上課方式，趕緊停下來是最好的。」任媽媽露出微笑，「他替妍然上課的那段時間，狀態似乎改善了很多，能有這樣的結果我已經很感謝了。我想，忙碌大概是忘卻悲傷最快速的方法吧。」

老媽點點頭，沉默了一陣子，輕聲問：「他現在還好嗎？」

「嗯，雖然無法立刻振作起來，但也不再像以前總是意志消沉了。」任阿姨的語氣欣慰。

接著，任阿姨像是想到了什麼，突然說：「啊！差點忘了告訴妳們這個好消息。任梁已經復學了，暑假結束就會回到時東上課。」

我睜大雙眼，抬起頭望向任媽媽。

任媽媽微笑看著我，口吻輕快：「他的朋友今年都升大三了，任梁因為休學一年的關係，這學期成為大二生。要是在學校遇見他，還請妳多多指教。」

還沒回過神來，老媽已經替我接話了。

「說什麼指教！她沒去給任梁添麻煩就謝天謝地了。」

接下來她們說了什麼，我全都沒聽清楚，感覺腦袋轟隆作響，在一片混沌之中，只剩下一個念頭——

任梁復學了。

我和他將在相同的時間裡，身處同樣的校園、走過同樣的校景、感受同樣的溫度與微風。

我再也無法克制心裡的騷動。那些排山倒海的思念，全在碰觸到記憶中那個身影的瞬間，爭先恐後地湧了出來。

來不及了。

這一次，我註定是受傷的那個人了。

第六章　我的思念成災

新生訓練結束後，我正式成為大學新鮮人。

然而，我的內心卻再也沒有對新生活的憧憬和悸動。自從與任阿姨吃過飯後，我就好像對任何事情都提不起興趣。

開學後第三天，阿愷學長傳訊息給我。

「小學妹，開學生活還適應嗎？明天晚上要不要一起去吃我上次說的火鍋店？當然，別忘了是妳要請客。」

我看了訊息，下意識正要拒絕，卻驚覺自己不行再這樣下去。

很多新生都已經自成小圈圈了，我卻還是一個人孤零零地上課、吃飯，一點交際生活也沒有。

於是我答應了阿愷學長的邀約，心想自己這樣才不會悶出病來。

隔天上完最後一節課，剛好接近晚餐時間。

我直接前往那間火鍋店，一進去就看到阿愷學長笑嘻嘻的臉。

我坐到他對面，微笑道：「你好早到。」

「有人請客啊，我太高興了。」阿愷學長將菜單遞給我。

點好餐後，我將火鍋料放入鍋子裡，等待煮沸。

阿愷學長悠悠地問：「親愛的直屬學妹，這幾天過得還好嗎？」

我瞪了他一眼，放下筷子，「你不用特別強調我們的直屬關係，我已經知道你沒在搭訕我了。」

總覺得這件事可以被他拿來取笑一整年。

「哈哈！好啦，不鬧妳了。」阿愷學長露出一口白牙。

「言歸正傳，妳沒什麼問題想問我嗎？」

我過了幾秒才意識到，他是指關於學校的大小事，可是我剛才第一個想到的，竟是和任梁有關……

我忍不住垂下眼，盯著鍋子裡裊裊上升的熱煙。

「怎麼了？突然這副表情？」學長疑惑地問，「難道妳被欺負了？」

我搖搖頭，「才沒有。只是……」

「只是什麼？」阿愷學長一副隨時為我解惑的從容姿態。

只要看見阿愷學長的笑臉，我總忍不住想起那張照片裡的任梁。但我不知道該不該問，甚至不知道該怎麼問才不會太唐突。

我盯著阿愷學長，正要開口，卻察覺他的目光投向我的身後，似乎有點驚喜的樣子。

忽然，我心頭莫名一顫。

直到多年以後，回想起這個瞬間，我還是會覺得不可思議。

胸口灼熱了起來，心跳撲通撲通，身體像在顫抖。我屏住呼吸，緩緩轉過頭。

映入眼簾的，是那雙我思念不已的桃花眼眸。

「靠，阿梁，好久不見了欸！竟然在這裡遇到，你也來吃火鍋？」阿愷學長問。

看見我的時候，任梁明顯一愣，隨即轉開目光看向阿愷學長。

「不是，我來替我媽買點火鍋料。」

他的聲音，與我記憶裡的如出一轍，低沉冷清。

我咬住下唇，鼻尖忽地一酸。

「等等。」阿愷學長突然驚呼一聲，「難道你復學了？」

「嗯。」

輕淺地回應後，任梁又再次看向我。

我感到手足無措，立刻扭頭將目光投向阿愷學長。被我盯著看，阿愷學長似乎終於想起我還在這裡。

他瞄了我一眼，又瞥向任梁的方向，表情驀然變得尷尬。

但我無暇思考他的表情是什麼意思。

「好久不見。」任梁的聲音傳來。

我渾身一僵，緩緩轉過頭，發現任梁依舊望著我，他是在對我說話。

我艱難地吐出字句：「……是啊。」

「咦？你們認識？」阿愷學長驚訝地問。

我點頭。

「吼，不早點說，嚇死我了……」阿愷學長拍著胸口，「任梁，我還怕你看到她會——」

「鄭昔愷，別多嘴。」任梁冷聲打斷，有種不怒自威的氣勢。

「抱歉。」阿愷學長撓撓自己的鼻子。

任梁瞟了我們一眼，「你們的火鍋已經滾了。」

「哇啊！」阿愷學長急忙把火轉小。

我還沒反應過來，呆呆地看著任梁。

只見任梁忽然走過來，傾身靠近我。他離我好近好近，他的衣袖甚至擦過了我的鼻尖。

啪噠一聲，我才意識到他剛剛是將我鍋子的火勢轉小。

我以為他只是順手幫忙，內心忍不住鬆了一口氣。

「妳和阿愷認識？」起身的瞬間，他覆在我耳畔詢問，溫熱氣息噴灑在我的脖間，嗓音直抵心窩。我的耳膜震動著，內心激動顫抖。

任梁語氣稀鬆平常，似乎只是單純好奇。我瞪大雙眼，舌頭像打結了一樣：「嗯，他是我直、直屬。」

任梁聽了，並沒有什麼特別的表情。

阿愷學長似乎沒聽見任梁剛才說的話，他接著問：「機會難得，要不要和我們一起吃？吃完再回去。」

「不用。」任梁仍是那副清冷的嗓音，「我媽還在等我，我該走了。」

「喔，那好。下次再約啊！」

「嗯。」任梁應了一聲。

任梁從店員手上接過塑膠袋，頭也不回地離開了火鍋店。

望著他的身影，我覺得心裡好像隨著他的離去而空了一大半。

看到他離開，阿愷學長立刻問：「妳怎麼會認識阿梁？」

「……他之前是我的家教。」我抿了一下嘴唇，反問：「那你呢？你們一個中文系，一個會計系，怎麼會認識？」

而且他們看起來似乎挺熟的。

「哦，我們是高中同學。」阿愷學長夾起一片魚板，丟進嘴裡，「我們高中就很要好了，又剛好上同一間大學，他還沒休學以前，我們簡直是情投意合。」

情投意合？阿愷學長的國文是不是不太好？

「不過，他後來性情大變，變成這副死樣子。自從他休學以後，我們也很少聯絡了。看他剛才對我這麼冷漠，唉，友情真脆弱。」

我默不作聲，拾起筷子，也開始吃東西。

「妳認識阿梁的時候，他就是這副要死不活的樣子吧？」阿愷學長笑了笑，又夾起一片肉，「但阿梁以前不是這樣的，他曾經陽光開朗，完全是女孩子喜歡的類型，可惜……」

可惜什麼？

我張了張嘴想要問他，卻發現自己一個字也說不出來。

「抱歉，我就不繼續說了。」阿愷學長收起笑意，神情嚴肅，「畢竟是他的隱私。」

我沉默半晌，才微微點頭。

整頓飯我味同嚼蠟，滿腦子都是任梁的聲音、表情、眼神……還有他靠近我的時候，那種心跳加速的悸動。

見到任梁，卻沒能化解內心的焦急，我甚至更加思念他了。

阿愷學長說，任梁過去是女孩子喜歡的類型……這令我想起三年多前，第一次在書店遇見他的時候，他身旁還有一個女孩。

他們看起來很相愛，像是一對最美好的情侶。

也許，任梁現在還和她在一起。

此刻，我的心中像被扎了一根刺。

「阿愷學長……」

「嗯？」

「既然你和任梁是高中同學，那你知不知道一個叫做『晴善』的女生？她是不是……任梁的女朋友？」

阿愷學長手中的筷子掉到桌上，發出聲響。

他回過神，趕緊撿起來。將筷子重新擺好後，阿愷學長看著我，表情有點僵硬。

「妳怎麼會知道李晴善？阿梁跟妳說的？」

我皺起眉頭，思索著該怎麼解釋。

「其實，我三年前曾經遇見任梁，那時偶然知道他身邊有個叫『晴善』的女生。」我困惑地追問：「怎麼了嗎？」

總覺得阿愷學長剛才的反應有點奇怪。

「嗯……她以前的確是阿梁的女朋友。」

阿愷學長別開視線，就像不敢直視我的眼睛。

以前？我皺起眉。

「所以他們分手了？」

「……算是吧。」阿愷學長含糊回應。

聽見這句話，我心底竟竄上一絲慶幸。

我被這種反應嚇了一跳，趕緊拿起桌上的杯子，啜了一口紅茶，平息內心的浮躁。

「小學妹。」阿愷學長再次露出嚴肅的表情。

「妳千萬別在阿梁面前提到這個人。知道嗎？」

我動作一滯，詫異地望著他。

「這是大忌。」他也喝了一口紅茶，眼神暗了下來，「如果妳還把他當朋友、不希望看他難受，就別提起李晴善。」

阿愷學長說得這麼嚴重，看來任梁在這段感情裡受了傷。

難道是對方甩了他？還是兩人爭吵，結果不歡而散？

但看見阿愷學長黯然的神情，我實在不敢繼續問下去。

「我要聽妳親口答應我，不向阿梁提起。」阿愷學長低聲說。

光是想起他那雙悲傷的眼睛，我就已經感到難受，又怎麼可能刻意去傷害他。

「……我答應你。」

即使不曉得發生什麼事，我也不會向任梁提起的。

我們之間陷入沉默。

我的心情好矛盾，既心疼任梁那不為人知的過去，又暗自高興著他身邊沒有其他女孩。

只要回想起剛才與他短暫的重逢，以及若有似無的接觸，我的心跳就越來越急促。

難道我真的……

回到租屋處時，羅珍窩在床上看韓劇。一聽見動靜，她立刻跳起來，一臉八卦地看著我。

我心情糟透了，一聲不吭地把鞋子擺好，癱軟在沙發上。

羅珍喜孜孜地湊到我旁邊，「說！妳這麼晚回來，是不是和別人約會？」

我搖搖頭，沒回答。

「表情不對啊！」羅珍困惑地打量我，「發生什麼事了？」

有時候，我真害怕羅珍的敏銳。

觸及她眼中的關切，我眼眶突然一酸，眼淚湧上來。

羅珍大驚失色，「怎麼了？怎麼突然要哭了？」

她慌張地抓住我的手，「妳被誰欺負了？」

今天已經是第二個人這麼問我了。

我一把抱住羅珍，將臉靠在她肩上。「我今天……見到任梁了。」

羅珍輕撫我的背，「嗯？」

「我總是會想起他，我以為那不算在意，也不算喜歡，我只是想知道他過得好不好。我隨時可以忘記他，就算我們成為陌生人，我也不會難過受傷。」我抽噎不止，顫抖著開口：「可是，今天見到他我才發現，原來……我早就喜歡上他了。」

話說得七零八落，連我都不知道自己在說什麼，可是我好想找人訴說這複雜又難受的情緒……

羅珍突然鬆開我的懷抱，盯著我，語重心長地說：「孫妍然，妳待在這裡不要動。」說完，她就匆匆跑走了。

我坐在原地，緊緊攥著衣角。當羅珍坐回我身邊的時候，手裡拿著兩罐啤酒。

「妳幹麼？」

「這種時候就是要喝酒。」

羅珍豪邁地將其中一罐遞到我面前。

「喝吧。」

「我又不喝酒……」我口是心非地拿起啤酒罐。

「喝看看。」羅珍在一旁慫恿。

我小心翼翼地喝了一口，差點吐出來。

「好難喝……」

「多喝點，明天的課全蹺了！」

聽著她的話，我莫名其妙就灌掉一整罐。

「真的好難喝。」我看著手中的啤酒罐說。

羅珍摸摸我的頭，沒有說話。我們就這樣沉默了好一陣子。

突然，我覺得酒勁上來了，全身輕飄飄的，好像要浮起來。

「醉了？」羅珍問。

「我不知道。」我含糊地回應。

「之後妳想怎麼做？」

「什麼？」我癱在沙發上，腦袋像糨糊一樣，根本不知道她在問什麼。

「不是說喜歡他？那妳接下來打算怎麼樣？要告白嗎？」

我驚訝地看著羅珍，有點控制不了自己的嘴巴：「告白？我又不是瘋了！」

「如果妳不跟他說，他怎麼會知道？」

「不知道為什麼……我覺得我不可能成功的。」

那個人可是任梁。

「孫妍然。」羅珍喚了我一聲，「愛情這種事，不可以害怕失敗！」

「我害怕的不是失敗，我怕的是付出……」我淚眼朦朧地說，「只要付出，就容易受傷。」

我想起老媽說的話，想起爸爸離開的時候那種痛徹心扉的痛苦。

「那妳壓抑自己就不會難受嗎？」羅珍一針見血，「如果不說出口，難過的只會是妳而已。妳一直都是人生勝利組，很多事不用花太多力氣就能得到，但那只是運氣。愛情裡沒有運氣，他沒有先喜歡上妳，妳就要主動去告白，讓他思考和妳之間的可能性！害怕受傷的話，妳永遠不可能和他在一起。」

「妳真的這樣覺得？」我抬起頭，困惑地問。

「妳不是說過，自己沒有特別堅持的事情，也沒有特別的目標嗎？」羅珍說，「現在妳喜歡他，希望他也能喜歡妳、走入妳的故事，這不就是一種目標？」

我害怕失望，總是想將每件事置之度外，也總是拿捏著與人相處的分寸，擔心再付出多一點、再走近一步，終有一天會受到傷害。

然而，遇到任梁以後就不一樣了。我無法控制自己，總是忍不住在乎他，即使和他沒有交集了，還總是想起他。

羅珍說的話，直戳我的內心。

我忍住眼淚，沉默不語。

「替自己努力一次吧。」羅珍的聲音傳來。

我抱住她，悶聲說道：「謝謝妳，羅珍。」

任梁見過我最真實脆弱的模樣，沒有偽裝、沒有壓抑，原來早在那個瞬間，我就已經將整顆心都給了任梁。

付出固然可能受到傷害，我卻在這一刻明白，這些日子以來，我壓抑著自己的感受，卻只是更加難受。

我渴望在任梁面前，做回最真實的孫妍然。

在羅珍的慫恿下，我又接續喝了兩罐啤酒。她鼓勵我多說些任梁的事，我腦袋亂糟糟的，想到什麼就說，她則一直耐心地聽著。

說到後來，面前的啤酒罐越堆越多，我的記憶像是斷了線一樣。隔天早上醒來，腦袋只記得啤酒喝進嘴裡的味道，其他的事就不記得了，連到底和羅珍說了哪些事我也全忘了。

我頭疼欲裂，渾身痠痛，下意識想要掙扎，卻突然往下墜落。我驚叫一聲，直接摔在地板上，被一個硬物撞得眼冒金星。

揉著腦袋爬起來，才發現自己昨晚就睡在沙發上，難怪我現在全身痛得像要散架一樣。

看見自己的手機就在旁邊，終於明白剛才的那個硬物是什麼了。

「奇怪……」我嘟囔著，努力回想，「我昨天有拿手機出來嗎？」

點開手機，斗大的「十二點三十分」亮晃晃地刺進眼裡。

我倒抽了一口氣。我的天！早上兩堂課直接睡掉了！而且半小時後就要開始下午第一堂課！

我跳起來，急忙沖了個澡，一邊吹頭髮一邊收拾東西。眼看只剩五分鐘，我也不管頭髮還半乾著，戴了頂帽子就衝出門。

該死的羅珍，出門也不順便叫我起床！昨天要不是她，我也不會睡得像頭豬！

幸好我們的租屋處離時東很近，我抵達上課教室時，鐘聲才剛響起。教授在我入座後慢悠悠地走進教室。

我鬆了一口氣。但一鬆懈下來，腦袋就開始發疼。

揉著太陽穴，只覺得宿醉比徹夜未眠的頭痛還要難受，真的是瘋了才會聽羅珍的話，我再也不要喝酒了。

整堂課我上得昏昏沉沉，懶洋洋地趴在桌子上，好不容易熬到下課，大家都陸續離開教室，我才拿起背包，蹣跚地走出去。

幾乎是在我走出教室的瞬間，心中有一股奇妙的預感。

下一秒，預感應驗。

任梁倚在教室門口，靜靜地望著我。

「終於出來了。」他說。

我瞠大眼睛看著任梁，「你……你怎麼……」

「還以為妳打算爽約。」任梁漫不經心地說，桃花眼裡染上一絲笑意，轉瞬即逝。

爽、爽約?什麼約?

我困惑地盯著他,一時間反應不過來。

任梁皺起眉頭,「妳不是有話要說?」

「我哪有?」我下意識脫口而出,但莫名有點心虛,總覺得自己好像忘了什麼?

難道……呃,不會吧?

「你、你等我一下。」

我立刻從背包裡拿出手機,打開通訊軟體的聊天紀錄。

「我有話想跟你說,明天下午第二堂下課來找我。」

發信人,我。收信人,任梁。

甚至還在最後附上了教室的號碼。

我尷尬地看向任梁。

「記起來了?」任梁問。

「我……我昨天喝醉了。」

沒想到喝醉的自己這麼衝動,就差沒直接在訊息裡告白了!要不是我現在正慢慢恢復印象,我都要懷疑是羅珍幹的好事。

現在,我該怎麼辦?

要不要順水推舟,向他告白?

任梁盯著我許久，好像有點不耐煩了，我心中一顫，立刻收回這個瘋狂的想法。我實在是沒有勇氣做這種事……

「喝醉了，所以？」

「我忘記要跟你說什麼了。」我回得特別果斷。

任梁似乎不怎麼意外。

「吃過午飯了嗎？」他突然問我。

我微微一愣，「啊？」

「看妳這樣子，還沒吃飯吧？」

我的臉頰開始發燙，低聲應了一句：「嗯。」

「走吧。」任梁突然嘆了一口氣，一副拿我沒辦法的樣子。

「走？走去哪？」我瞪大眼睛。

「吃東西。」任梁說。

出了教學大樓，任梁走在我前面，丟來一句：「想吃什麼？」

我從沒想過自己還能和任梁這樣相處，突然有點彆扭，輕聲回應：「……都好。」

任梁沒多說什麼，就這樣帶我繞了一半的校園。當熟悉的店家映入眼簾時，我驚訝地看著身旁的任梁。

「時東的蜜糖吐司。」他介紹，「似乎挺有名的，我想妳大概會想試試。」

任梁的聲音像直接撞在我的心口上。猝不及防，我眼前又浮上一片朦朧，我立刻揉揉眼角，伸了個懶腰，假裝打呵欠。

「好呀，就吃這個！我這次要吃蜂蜜口味！」

我知道他一定看出我剛才一瞬間的失態，但他沒有拆穿。

「這次？」任梁捕捉到我話裡的重點，「妳來過了？」

發現自己說溜嘴，我只好承認：「嗯，新訓那天阿愷學長帶我來吃的。」

任梁沉默半晌，然後說：「知道了。坐吧。」

我們選了一個露天的木桌，相對而坐。

這個角度，讓我想起那些和他一起上課的時光，心中忽然一軟。

任梁替我點了蜂蜜口味的蜜糖吐司。

等待的期間，我們倆相對無言。但我並不尷尬，只是緊張。

「時東是妳的第一志願嗎？」

我愣了一下，「對。」

「恭喜妳。」他淡淡地說。

驀然，我想起自己選擇這裡的理由，莽撞得可笑。

其實我早該發現，那時我已經喜歡上任梁了，否則怎麼會因為他，選擇來到這裡。

由於我的執念，而讓故事延續至此。我很感謝當初的自己。

如今，我仍不想要結束。我希望和任梁的故事，可以繼續下去。

「任梁。」我鼓起勇氣開口，「我想，我今天是真的有話想對你說。」

「嗯。」他淡淡地回。

我不敢看他，低垂著眼睫。

「最後一堂的家教課，你對我說，世界上悲傷的人很多，我不能總是為了偶然遇見的人停下腳步。你還記得嗎？」

「……記得。」

「我知道，你因為遇上某些事而休學，也看得出來你的眼神總是很悲傷。我那時還沒釐清自己的感情，但我現在必須澄清，我對你並不是憐憫。」我的腦袋一片空白，幾乎不曉得自己在說些什麼。

任梁沉默著，沒有回應。

「我不會為任何人停下腳步，哪怕他傷得再重。我是個自私的人。」我蹙起眉頭，「但是，只有你不一樣。我總是被你眼裡的悲傷牽動著，即使後來不曾見面，我也……」

我不敢繼續說下去了，雙手緊緊交握，感覺手心都是汗。

「妳是在向我告白嗎？」任梁的聲音傳來。

我渾身一僵，仍是沒有看他。氣氛陷入沉默。

我突然很後悔，為什麼要對他說那些話？明明剛才相處得好好的……

我開始害怕，從今以後，我和他的故事會真的因此畫下句點。

「對不起。」我慌張地說。

「妳不需要道歉。」任梁的聲音一如既往的冷靜，這讓我感到挫敗。

「孫妍然。」他突然喚我的名字，「妳抬起頭來。」

我心跳如鼓，小心翼翼地抬起頭。

他望著我，眼裡有著些許暖意。

「我從沒以為妳是在憐憫我。妳喜歡我，我知道。而我很珍惜這份喜歡。但是……我並不打算回應妳的情感。」

他擰起眉，眼裡再次湧上我熟悉的那抹悲傷。

「即使我和妳在一起，妳也只會感到痛苦而已。所以……對不起，讓妳失望了。」

他的眼神溫柔，話語也那樣柔軟，說出來的話卻令我心中刺痛。

我眼眶含淚，擠出一抹笑。

「嗯，沒關係，我早就知道會這樣了。」

在我親口說出喜歡之前，他就拒絕我了。但他從頭到尾都不曾說出並不喜歡我這種話，豈不是讓我心存僥倖？

「那我還能繼續喜歡你嗎？」

任梁沒有回答。

給了我一個虛無希望的他，真是太壞了。

我鄙視自己想要窮追不捨的意念。可是，一旦意識到他的拒絕，可能是我們之間最後的交集，我便慌張得什麼都顧不上了。

「我會繼續喜歡你的！」我斬釘截鐵地說，「我朋友說得對，我對人生所有安排總是逆來順受，即使有煩惱的事，睡一覺也就忘光了。好不容易遇上我願意執著的人，我不會輕易放手。」

這是你自找的，任梁。

是你不肯給我一個果斷的拒絕、是你讓我還抱有希望。

你不可以怪我死纏爛打。

我會像飛蛾一樣，愚蠢又執拗地撲向火光。直到我成為鳳凰，浴火重生。

別怪我。我喜歡一個人的方式，就是這麼簡單執著。

我在內心發下豪語，任梁只是靜靜地盯著我看。

那眼神平靜得讓我渾身發涼，但我堅定意志，直直瞪回去。

「看什麼看？」我惱羞成怒。

任梁沒回應，卻忽然勾起唇角。

可惡！為什麼要突然笑得這麼好看……我的臉上還擺著冷酷的表情，心裡卻已經慌得在顫抖哀號。

「隨便妳。」任梁收起笑容，「我待會還有課，妳在這裡慢慢吃。」

我愣住，看著他站起身，姿態從容地離開。

我心裡突然感到一陣酸楚。

我從沒有主動追過誰，但自從告白以後，我就豁出去了，反正任梁橫豎都是要拒絕我，他管我怎麼追？

想通了這點以後，我開始貫徹唯一的任務：不要臉。

此刻，我蹲在任梁的教室外頭，一直盯著手腕上的錶，心中默念秒數，希望這堂課趕快結束。

時東大學的教室有兩扇前後門，因為開著冷氣，上課通常是關著，看不見裡頭。但門扉上有一道小小的玻璃窗，可以稍微看見後排的人。

我按捺不住心中的期待，忍不住走到後門，偷覷一眼玻璃窗內的光景。

我看不見任梁。他那樣認真的人，恐怕是坐到前排了吧。

我不小心盯得太久，教室裡有些人往我這裡看過來。

我嚇得趕緊退回走廊上，蹲下身，倚在門口，痴痴地等待著。

昨晚，我打電話給阿愷學長，請他替我找個藉口要到任梁的課表，而且不可以說是我要的。

當時，他困惑地問我：「小學妹，妳要他的課表幹麼？還這麼偷偷摸摸的。」

「你不要問，幫我就對了。我再請你吃三頓火鍋，要不要？一句話！」

我覺得自己很盧，但我盧得很有志氣。

阿愷學長在電話那端沉默了一下，似乎還在考慮。

「四頓！」我加碼。

他突然迸出大笑，笑聲誇張得連我的耳膜都在震動。

我擔憂地問：「學長，你還好嗎？」

我想起阿良，牠平時大概就是這麼看主人的吧。

「我很好……哈哈哈哈！」阿愷學長笑得停不下來。

「別笑了，快回答我！」

「好，我答應妳！火鍋就不用了。」

我驚喜地倒抽一口氣，但很快察覺不對。我挑起眉毛，「真的不用？你有這麼好心嗎？」

「喂！妳到底把我想成什麼奸邪之人了？」他不滿地說，「不過，我確實有一個條件。」

我用一副從容就義的口吻回答：「好！說吧！」

「下週四中午，我們會計系籃有一場新生盃，妳可以來嗎？」

我翻了個白眼，「原來是這麼簡單的事。當然可以。」

忽然，我疑惑道：「等等，新生盃？可是你又不是新生。」

「我沒說是我要下場比賽啊。」阿愷學長笑著說，「總之妳那天來就對了，應該知道籃球場怎麼走吧？」

「知道。」

「那記得幫我帶一瓶礦泉水。噢，還有午餐，我什麼都吃，妳隨便買就行。謝啦。」

「好，沒問題。」

眼看這通電話似乎要結束了，我趕緊提醒：「那你要記得幫我要到課表。」

「好。」阿愷學長回得特別溫柔。

「謝謝，那我就先掛——」

「妍然。」

「嗯？」我突然有點不安。

阿愷學長通常都是揶揄地叫我「小學妹」，很少直呼我的名字。

「妳是不是……喜歡任梁？」他低聲問。

我正趴在書桌上，聽見這句話嚇得立刻起身，直直撞上檯燈。我吃痛驚呼，趕緊用手揉著額頭。

「我……」想了想，很快地回答：「對！」

阿愷學長忽然安靜了一會。我被這樣的沉默弄得有些心慌。

「喜歡歸喜歡，妳可別太努力。」阿愷學長的語氣透著一絲勸戒的意味，「妳會受傷。我說真的。」

即使我對這份感情抱持悲觀態度，但聽到這種話從別人口中說出來，我還是有點氣惱。

「學長，你——」

還沒等我開罵，阿愷學長已經掛斷電話。

我傻眼地看著手機螢幕，嘖了一聲。

阿愷學長遵守了承諾，在一個小時後將任梁的課表傳給我。

看到那張課表，無論阿愷學長剛才說了什麼，我通通都拋到九霄雲外去了。

廣播器傳來悠揚的下課鐘聲，我嚇了一跳，很快回過神來。

一群人往門口湧出來，大家手裡都抱著一本厚重的《說文解字》，一臉死氣沉沉，好像巴不得趕快離開這個可怕的地方。

我立刻站起身，眼巴巴地盯著門口，等待任梁的出現。

人潮佔據了整條走廊，我站在走廊上總是被撞到，只能縮著肩膀，把包包抱在胸前。

然後我抓緊時機，從後門擠進教室裡。

果不其然，第一橫排的某個位子上，就出現我渴望的那個身影。

看著任梁的背影，我露出微笑，他正在和教授說話，沒有注意到我。

我偷偷摸摸地坐到任梁後面的空位，美其名是在等待，事實上當然是在偷聽。

「你叫任梁對吧？我記得之前你文字學這堂課表現得很好，可惜才上幾堂課就沒看見你了。」教授笑咪咪地說。

看起來，教授似乎挺喜歡任梁的。

「謝謝教授的稱讚。不巧，我那時候休學了。」任梁的語氣依然清淡。

「怎麼突然休學了？」教授關切地問，「難道是因為身體狀況不好？」

「……沒什麼。」任梁的聲音比平時低了幾分，「剛好遇到一些事，狀態不太好，需要時間沉澱心情。」

即使是看著他的背影，我也感受到他在這一瞬間流露出的悲傷。

我心頭一顫，甚至想上前給他一個擁抱。

「原來如此。」也許是聽出任梁不願多談，教授沒有在這個話題上停留太久，只是叮囑他現在復學要比別人更努力，有問題可以隨時請教他。

任梁一一應了下來，態度謙卑有禮。

傾聽他沉沉的嗓音，我的心緒逐漸平靜下來。

「那我也不耽誤你的時間了。」教授微笑地說，「那是你女朋友吧？她在這裡等很久了，你們快去吃飯吧。」

任梁的身影頓了一下，才慢慢轉過頭來。

他盯著我，眼裡閃過詫異。

「……嗨。」我舉起手，盡力讓自己看起來從容自在。

任梁沒理會我，轉頭和教授道別。

教授離開後，任梁沒再看我，而是低頭收拾自己的東西。

他拉開後背包的拉鍊，俐落地把鉛筆盒塞在書本的空隙間。明明是如此尋常的動作，我卻看得入神。

「是阿愷給妳課表的？」

我猶豫了一陣子，點點頭。

昨天才叮嚀過阿愷學長不可以說是我要的，沒想到還是被任梁識破。

他瞟了我一眼,「找我有事?」

「……找你吃午飯。」我眨眨眼睛,試圖讓自己看起來單純無害。

任梁背起背包,一句話也不說,逕自往門口走去。

我驚訝地看著他,立刻站起身。

「欸!你去哪裡呀!」

「我沒空。」他淡淡地拋來一句。

我咬了咬嘴唇,還是不死心地跟在他身後。

「是真的沒空嗎?」

任梁不回答我,目不斜視地繼續往前走。他的腿比我長,此刻我追得滿頭大汗。

「任梁!」我喊了一聲。

他停下腳步,終於肯看我一眼了。

我衝到他面前,把抱在懷裡的便當袋遞給他。

「我早就知道會這樣了。」我努力擠出一抹微笑,「所以,不跟我吃也無所謂,但你收下這個吧。」

他愣愣地看著我,沒有接下。

「別擔心,色香味俱全。」我忍住心裡的落寞,強打起精神向他解釋:「不要看我這副樣子,我在家偶爾也會幫我媽煮飯。我的廚藝可不差。」

我覺得自己好難堪,但我忍住鼻頭的酸楚,繼續笑著說:「學餐的東西也不便宜耶,你就當收下一份免費便當。」

任梁靜靜地望著我。

我語氣更急了：「你就放心收下！我沒那麼容易滿足，不會因為你收下一份便當，就覺得你對我有意思！」

任梁蹙起眉頭，「孫妍然，妳不必做這種事。」

「怎麼？反悔了？」我強壓住想哭的衝動，「我說要繼續喜歡你的時候，你說隨便我。既然這樣，那我做什麼你都不可以管我。」

「我說隨便妳，可不是讓妳這麼卑微。」任梁的眉頭始終沒有舒展開來。

聽見這句話，我的眼淚終於浮上眼眶。

原來，我想要為他付出的樣子，在他眼裡是卑微的討好嗎？

我從來沒有為誰而努力去做一件事，也不曾苦惱該如何對別人好。

為任梁做的一切，不只是因為我喜歡他，而是因為我想要他吃到我親手做的便當，是為了我自己才做的。

我是這麼自私的人，任梁怎麼會覺得我委屈自己呢？

驀然，他喟嘆一聲。

「……下不為例。」說完，任梁接過了我手裡的便當。

我愣住，感覺到他指尖輕輕擦過我的掌心。悸動從掌心一路蔓延到胸口，酥麻溫熱的感覺騷動不已。

我望著任梁，露出微笑，刻意忽視了他那句「下不為例」。

「你吃牛肉嗎？我之後煎牛排給你吃，怎麼樣？」

任梁沒有回答，只是捧著我的便當，邁步繼續往前走。

這次我沒有追上去，心裡迫不及待開始思考往後的菜單。

第七章　我的無所適從

下午，我從圖書館借了幾本食譜，又順路到超市採買需要的食材。

一回到租屋處，我換好拖鞋就馬上走向廚房。

羅珍此時正在浴室，一聽見動靜，立刻敷著面膜跑出來，我被她嚇了一跳，手上的袋子差點掉到地上。

「妳幹麼？」因為敷著面膜，羅珍講話有些含糊，「妳還沒吃飯啊？」

我嫌棄地看了她一眼。

「拜託妳，下次敷面膜的時候事先跟我說一聲，不然我總有一天會被妳嚇死。我袋子裡面有雞蛋耶，摔碎了怎麼辦？」

「好奇怪，妳昨天也是待在廚房忙東忙西的。」羅珍疑惑地問，「妳到底在做什麼？」

羅珍還不知道我向任梁告白、還有才剛告白就被拒絕的事。那實在太丟人了。

我結結巴巴，也說不出個好理由。

羅珍敏銳的那雙眼盯著我，很快就想到答案。

「做便當給任梁？」說完，她自己都被嚇到了，面膜差點滑下來。

「嗯……」知道瞞不過她，我只好承認。

「哇！你們進展這麼快，已經到為他送午餐的程度啦？難不成妳已經告白了？成功了？」羅珍此時也顧不得面膜了，直接把它拿掉，雙眼閃亮亮地盯著我。

還沒等我回答，她就失望地說：「唉，絕對不是。要是成功了，妳的表情會是這樣嗎？」

「話都給妳說就飽了。」我懶得搭理她，把袋子擱到流理臺上，打開冰箱，把買來的食材一一放進去。

羅珍手裡替我抓著冰箱門，繼續追問：「所以，妳幹麼替他做便當？」

「我……」

我嘆了一口氣，終究還是把那天的事告訴她。

當然，我只講了重點。

雖然羅珍和我很要好，但有些事我並不想說得太深入。

「哇！妳太勇猛了吧？直球告白！」羅珍雙眼寫滿了崇拜。

「不是妳叫我主動出擊的嗎？」被她那種眼神看著，我怪不好意思的，趕緊彎腰繼續整理食材，「而且……我還是失敗了。」

「可是我覺得結果挺不錯的呀！」羅珍說，「妳說要繼續喜歡他，他不是沒反對嗎？」

「我覺得那是他懶得理我吧，他可能沒料到我這麼有毅力。」我忍不住笑了。

「不過……」羅珍突然斂去笑容，一臉困惑，「如果他不喜歡妳，為什麼不明說？還要說什麼『即使我和妳在一起，妳也只會感到痛苦而已』？」

我也不理解這句話的涵義，但我不打算想太多，怕自己希望落空。

「他那是委婉的拒絕。」我說。

「可是，任梁條件那麼好，以前肯定也被不少人告白過。他怎麼可能不知道，拒絕別人的告白就是要直接一點。像這樣給人留下一線希望，讓對方窮追不捨，豈不是更殘忍？」

「……喔，我就是窮追不捨的那一個。」我拿起最後一顆雞蛋，抬頭瞪了羅珍一眼。

羅珍立刻諂媚地笑了笑，「我不是說妳啦。只是，我有一種感覺……」

「什麼感覺？」我興致缺缺，漫不經心地問了一句，準備把雞蛋放進冰箱。

「他會不會其實也喜歡妳啊？」

啪！

雞蛋掉在地上，開出一朵雞蛋花。

「妳在開什麼玩笑？」我震驚地盯著她。

羅珍低頭看摔碎的雞蛋，尷尬地說：「呃……就是一種感覺嘛。」

「別亂說。」我關上冰箱門，直起身，「要是他喜歡我，何必拒絕我？」

「也是啦。」羅珍撓撓鼻子。

「都是妳亂說話，害我損失一顆雞蛋。妳負責把這裡清乾淨！」我指著一片狼藉的地板。

最後，我便當也沒做成，直接離開廚房，留下一臉哀怨的羅珍。

隔天任梁下午才有課，沒辦法送午餐，但送飲料總可以吧？

為了不要讓他有藉口拒絕我，這次肯定要想個好辦法。

但我左思右想，最後只想出一個超老套的方法。

沒辦法，我的智商可能在考上時東的時候，就大幅衰退了，面對任梁，我實在想不出什麼萬無一失的好法子。

兩堂課之間的休息時間，我又在教室外蹲點，而我這次鎖定的對象不再是任梁了。

有一個男生正好走出教室，當他回來的時候，我立刻衝出去，擋住他的去路。

「同學，你可以幫我個忙嗎？」

對方警戒地看著我，恐怕以為我是混進校園的推銷人員吧。

我把飲料遞給他。

「跟你一起上課的，有個叫任梁的男生，你能幫我把這杯飲料給他嗎？」

對方疑惑地看著我，接著眼神露出曖昧。他大概已經猜到我的目的了。

「君子有成人之美！」我將自己為數不多的諺語搬出來用，「我在追他。你就幫我這個忙吧？」

最後那位同學很好心地當了一回「君子」。

我趴在門口，監督他拿著飲料走進教室。

他不認識任梁，竟然直接在講臺上大聲問：「這裡有叫任梁的嗎？有個女生要我把飲料給你！」

他話音方落，全場瞬間轟動。

這完全不在我的計畫之中！

我嚇得立刻逃走，不敢看接下來的發展。

我想，任梁絕不會主動承認。他肯定坐在臺下，冷冷地看著那個人，不發一語，一如平時的淡漠自持。

也許我會落荒而逃，更大的原因，是害怕看見對我無動於衷的任梁。

直到很久以後我才知道，當時任梁的確像我所預料的那樣平靜。

但他的第一個反應，卻是默默離開教室，在走廊上左右張望。沒發現他要找的人，便返回教室。

然後在眾目睽睽之下，接下了那杯飲料。

雖然送飲料的結果實在有點失敗，但我還是懂得耍點小心機。

第一次送便當的時候，我刻意將飯菜裝在自己的便當盒跟便當袋裡。這樣就有理由去跟任梁要回來了。

於是我第一天送便當，第二天送飲料，第三天早上興致高昂地到任梁上課的教室等他。

他看見我，早已見怪不怪，頭也不回地繼續往前走。

「任梁，明天能還我便當盒跟袋子嗎？」

我今天穿了一雙超好走的鞋子，就是為了能追上任梁的腳步。

「嗯。」任梁頓了一下，說道：「這種事，妳大可傳訊息給我就好。」

他睨了我一眼，似乎早就看穿我的意圖。

我笑嘻嘻地跟著他，總覺得他步伐沒那麼快了，我竟然還能跟他並肩而行。

難道是因為我穿了這雙鞋子？

「昨天的飲料是妳送的吧？」他的聲音傳來。

我愣了一下，若無其事地說：「嗯，對呀。」

任梁再次瞥了我一眼。

「你該不會生氣了吧？」我囁嚅道。

我想起他上次說過的那句「下不為例」，也許他是真的不喜歡我這樣做。

「沒有。」

他的答案讓我鬆了一口氣。

「我只是希望妳別再這樣做。」任梁停下腳步，直直看著我。

我也跟著停下，抬眼望著他，不知道怎麼回應才好。

「如果是我那句『隨便妳』，讓妳這麼執著於向我示好，那我還是收回那句話好了。」他的語氣竟有點無奈，「我已經明確拒絕過妳，難道我有哪一句話還說得不夠明白？」

「什麼意思……」我茫然地望著任梁。

「那天我說過，我不可能和妳在一起。是我哪裡表達得不夠清楚，讓妳覺得還有機會可以努力？」

聽到這段話，我滿腔的熱情像被瞬間澆熄了。

我眼前漫起一股氤氳，覺得此刻的自己既丟臉又難堪。

隨著這種感受，胸口彷彿冒出一簇火苗，我知道自己大概是惱羞成怒了，但我顧不得理智，伸出手，一把抓住任梁的胳臂。

任梁疑惑地看著我。

「為什麼說得好像是我的錯一樣?」

我努力眨著眼睛，想讓眼眶裡的淚水縮回去。

「沒錯，你拒絕我了，我聽得很清楚。可是，那天我也問過你，我可不可以繼續喜歡你。是你自己沒有反對、是你自己說隨便我的。既然這樣，我現在繼續向你示好，不顧自己看起來有多笨多丟臉，也努力想辦法對你好，這樣有什麼不對?丟臉的是我，死纏爛打的是我，你只要繼續維持冷漠又無趣的形象就好，你有什麼損失嗎?」

任梁平靜地看著我，相形之下，抓著他叫嚷的我簡直像個瘋子。意識到這一點，我不由得更難受了。

任梁伸出手，將我的手從他的胳臂上挪開。

我垂下眼，肩頭忍不住發顫。

「我的確不會有什麼損失。」他聲音清冷，「但我就是不想看妳這樣。」

他是不是又想說我卑微了?

「哪樣!」我幾乎是用吼的，卻不敢直視他的眼睛，只敢將視線擱在他的肩膀。

「令人……心疼的樣子。」任梁的聲音很輕，像是喃喃自語。

我傻住，目光往上抬了一些，落在他的脖頸處。

看見他的喉結緩緩滾動，一股熱氣衝到我臉上。

這瞬間，我忽然有種不真實的感覺。

「你……剛剛說什麼？」我急著想確認，語速急促。

「沒什麼。」任梁面色平靜，彷彿剛才真的什麼也沒發生。

他明明說了！為什麼要撒謊！

可是他語氣如此肯定，害我也忍不住懷疑，該不會真是我聽錯了吧？

這種一拳揮出去卻打在棉花上的感受，讓我鬱悶得想要尖叫。

「算了。」我努力保持平靜，「我先走了，記得明天還我便當盒跟袋子。如果你要拖幾天再還也可以，這樣我就有藉口繼續找你。」

說完，我轉身就要離開，卻忽然被他喊住。

「孫妍然。」

我停下腳步，困惑地看著任梁。

「要我怎麼做，妳才願意放棄我？」

我愣住，過了幾秒才聽懂，心裡勾起一絲刺痛。

他這麼希望我放棄他嗎？

那天他說隨便我，果然只是沒料到我會這麼堅持，隨口說說而已吧？

驀然，我想起羅珍那句荒謬的臆測——

「他會不會其實也喜歡妳啊？」

將他那些隱約的縱容視作溫柔，我才意識到，其實自己心底也揣有這樣荒唐的希望。

因為他沒說不喜歡我，所以我才擅自以為自己還是有機會。這就是問題的根源，我怎麼會忘了呢？

於是我揚起微笑，望著任梁。

「只要你親口對我說，你不喜歡我。」

任梁顯然沒料到我會這麼說，望著我，沒有回答。

我褪去笑容，突然也有點不知所措，只好低聲說：「那我走了。」

我轉過身，快步向前走，內心卻不斷怦怦跳著，既期待又害怕任梁會再次叫住我。

結果他沒有。

直到我離開他的視線範圍，他仍一語不發。彷彿不急著回答我那句話。

我走在校園綠蔭夾道的小路上，腳步一頓，心中湧上一股後怕。

要是剛才我問出口的下一秒，他便毫不猶豫地回答，那我該怎麼辦？

今天，我依舊守在任梁上課的教室外面，心情卻怎麼也好不起來。

雖然他昨天沒說出那句「我並不喜歡妳」，但他會不會打算今天說？說完還能順便把便當盒和袋子還給我，兩人從此再也沒有瓜葛。

我在走廊上來回踱步，心緒很亂，乾脆拿出手機瀏覽訊息。

好巧不巧，老媽在這時候打電話來。

我立刻接通。她似乎有點驚訝，「孫妍然，妳嚇死我了。」

「有話快說。」我懶懶地回應。

「妳都不想媽媽的？」老媽不滿地抱怨，「口氣這麼差！」

「我明天不就回家了？妳這麼想我，一天都等不了？」我忍不住揶揄，「既然這麼想我，妳要不要開車來載我？這樣我就不用辛苦坐車了。」

老媽沉默了一陣子，我可以想像得到，她拿著電話翻白眼的樣子。

「想都別想，我正要跟妳說個遺憾的消息。我明天臨時要在公司加班一整晚，家裡沒人，這樣妳還要回來嗎？」

「啊？」我驚訝地張大嘴巴，「沒人在家那我回去幹麼？」

況且老媽肯定會使喚我替她打掃家裡。

「真可惜，我本來還指望妳替我做點家事……唉，那妳就下禮拜再回來吧。」她頓了頓，又叮囑道：「妳下禮拜回來記得帶鑰匙，要是我剛好出門，這次可沒有任梁可以救妳了，妳就在門口坐到我回家吧！」

聽到老媽提起任梁，我的內心五味雜陳。

「對了，還有件事……我……」老媽欲言又止。

我有些疑惑，正要追問，卻聽見鐘聲敲響。

「我有事要忙，妳要說的事很急嗎？」

「……沒事，妳先去忙吧，等妳回家再說。」

老媽的聲音聽起來有點不對勁，但我沒想太多，只是匆匆應了下來。

掛斷電話後，我做了一次深呼吸，才收起手機，望向教室門口。

有鑑於前幾天的經驗，我猜想任梁會是最後一個離開教室的人，所以我只是先站在遠處，靜靜地看著。

沒想到，第一個走出教室的就是任梁。

他先往四周看了一圈，最後目光才落在我身上。

接著，他筆直地向我走來。

我整個人都懵了，呆呆地看著他的身影越來越近……

任梁拿著我的便當袋，遞到我面前。

我腦袋一片空白，遲鈍地接下袋子，還能感覺到裡頭便當盒的重量。

「我走了。」說完，他便轉身準備離開。

咦？就這樣嗎？我想像中的那句「我並不喜歡妳」呢？他是忘記了嗎？

我回過神，叫住他：「等等！」

他回頭，靜靜地看著我。

我暗罵自己的衝動。他如果忘記了，那是好事啊！我何必提醒他？

「哦，沒事了。」我尷尬地說。

任梁似乎還有話要說，盯著我看了幾秒，最後卻只是輕輕應了一聲：「嗯。」

我還來不及探究，任梁便已經離開了。

看著他的背影，我忍不住皺起眉頭。

❀

星期六，是我和羅珍搬入租屋處後迎來的第一個週末。

聽到我媽加班的事以後，羅珍很有義氣地陪我留下來。

我們倆一起到學校附近的書店，才一踏進去，我們就一致張大嘴巴，發出了驚歎聲。

明明這裡跟我家只差一個市區，但這間書店裝潢得特別氣派、特別高級，竟然還有四層樓！

放眼望去，一、二樓全都是書，分門別類，一目了然。到了三、四樓更是一片新天地，滿滿都是娃娃玩偶。

我們迫不及待地跑到愛情小說區，我拿起一本新書，和羅珍各自找了一個角落，準備把整個下午花在這本書上。

正當我翻開序章時，就聽見羅珍隔著好幾個書架喊我。

「孫妍然！」

我疑惑地放下書本，走向她，「怎麼了？」

「這裡竟然有妳家良人的書耶！」羅珍笑咪咪地把其中一本書拿起來，在我面前晃了晃。

「這間書店的規模果然不一樣，良人所有的書好像都有……」

我盯著架上一整排的書，腦海浮現的是我在任梁書房裡，匆匆瞥見的熟悉書脊，以及他夾在書本間的那幾張手稿。

我心中頓時湧起難以言喻的感受。

任梁就是良人。

直到現在，我才終於正視這件事。

最後一堂家教課以後，我把所有良人的書都收到書櫃最下層。關於任梁的事，我也總是在逃避，刻意讓自己不要想起他。

但自從與任梁重逢，意識到自己喜歡他以後，我好像就能坦然面對這一切了。

「妳怎麼了？」羅珍一臉疑惑，「該不會不喜歡良人了吧？」

我立刻反駁：「才不是！我很喜歡他！」

羅珍被我的反應嚇了一跳，「……妳幹麼這麼激動？差點以為妳在說任梁。」

我沉默著，接過羅珍手上的書。

這是良人的第一本作品，講述一對青梅竹馬的愛情故事。

雖然題材老套，但卻選用男主作為第一視角。即使是常見的情節，讀起來卻特別新鮮，再加上良人細膩的文字，給人一種真實的甜蜜感……

我突然愣住。

真實的甜蜜感？那個叫做李晴善的女孩，該不會是……

「對了，妍然。」

我思緒中斷，抬頭看向羅珍。

「說到任梁，妳和他怎麼樣了？」

「哪能怎麼樣？」我悶聲回答，不禁摩娑著書封上的紋理。

羅珍倚在牆邊，輕聲說：「我越來越不懂這個任梁了。他到底喜不喜歡妳？為什麼要這樣吊著妳？」

我看向羅珍，納悶地問：「吊著我？」

她雙手一攤，「既不說喜歡妳，也不直接拒絕妳，就這樣放任妳對他窮追不捨，這不就是吊著妳嗎？」

雖然事實的確是這樣，但總覺得羅珍話中有話。

「怎麼了嗎？」

「我看過一本小說，女主角喜歡的人就是這樣子。男生知道她喜歡他，便刻意保持曖昧、吊著對方不放，就像耐心等待魚兒上鉤的漁夫一樣，享受這種和魚兒周旋、曖昧不清的感覺。」

「妳的意思是？」

「任梁該不會是隱藏版的渣男吧？」羅珍湊近我，「妳真的夠了解他嗎？」

我瞪大眼睛，「妳幹麼這樣說他啊？」

「妳別生氣，我只是擔心妳……」羅珍縮起脖子。

「之前妳不是還跟我說，愛情不需要多了解對方？」

「是我說的沒錯。可是如果妳愛上的是一個渣男，當然趕緊抽身比較好。」羅珍抓住我的手，目光殷切，「總之，妳還是要有所保留，不要把全部精神都花在他身上，知道嗎？」

我還想要反駁，說任梁絕不是那樣的人，卻發現自己找不到任何理由來解釋他的行徑。

如果任梁不喜歡我，那當我要他親口對我說的時候，他怎麼就不說呢？

如果他喜歡我，又為什麼一再拒絕我的示好？甚至還對我說出曖昧的話？

我將手中的書擺回架上，心情變得亂糟糟，好像重回家教課那段日子。

當時，我和任梁的距離忽遠忽近，也是被他弄得暈頭轉向。

任梁真的是故意吊著我嗎？擁有那樣悲傷眼眸的他……

我不相信任梁會這樣做。

只是，我越來越搞不懂他在想什麼了，這種感覺，令人既沮喪又生氣。

我在跟任梁賭氣。

然而身為當事人，任梁什麼也不知道。畢竟連我都不曉得自己在鬧什麼脾氣。

打從那天羅珍懷疑任梁是渣男以後，我就開始對這種搞不懂他的狀況感到無力。

因為心情受到影響，我突然失去了再纏著任梁的動力，決定給自己一些時間沉澱一下。

我就這樣平靜地度過了幾天，卻發現自己仍然滿腦子都是任梁的身影。

「唉……我真是沒用。」我停下切菜的動作，一邊感嘆。

「孫妍然，妳又怎麼了？」

羅珍剛回來，走進廚房看了我一眼。

她的語氣十分自然，彷彿對我這個樣子已經見怪不怪了。

「沒事。」我搖搖頭，繼續切菜。

「妳又要做便當給任梁喔？」她指向流理臺上的便當盒，「我以為妳已經放棄他了。」

羅珍本來是我最信任的軍師，現在卻搖身一變，成為反派大頭目了。

「……才不是。」

「不是什麼？『不是』給任梁？還是『不是』放棄了？」她調侃。

「都不是！」我加重切菜的力道，「首先，我沒有放棄他，我只是把他列入觀察期，懂？」

羅珍點點頭，「懂。」

「第二，今天要做的便當不是給他的。」

「哇，妳想腳踏兩條船？」

我傻住，舉起菜刀，「妳最好看清楚我手上拿什麼再說話。」

羅珍立刻後退三步，笑得很討好。

「我只是開個玩笑嘛，息怒息怒！」

我這才放下刀子，「是給我直屬學長的，他叫我明天帶午餐去看他們新生盃比賽。」

「那妳有必要親自下廚？」羅珍露出不懷好意的笑容，「妳是不是也想試試釣魚的滋味……」

「妳以為我想嗎？」我沒好氣地說，「之前為了要每天做便當給任梁，買了一大堆食材，結果現在罷工，很多東西都要過期了，我們兩個又吃不完這麼多，我只好趕緊處理掉。」

「哦——」羅珍應了一聲，接著突然貼到我身上，聲音肉麻：「親愛的妍然大人，既然這樣，能不能……」

「早就知道妳會這樣，我已經多做一份了。」我撇撇嘴，「去把妳的便當盒拿來。」

羅珍一邊歡呼，一邊在我臉頰上親了一口，然後飛快地跑去拿自己的便當盒。

「喂！妳口紅都還沒卸耶，竟敢親我！」我趕緊用手背抹掉她的唇印。

翌日上午，我都沒課，一路睡到快中午。

正午時分，我拎著一罐礦泉水和剛蒸好的便當，匆匆抵達時東大學的籃球場。

今天陽光勢頭猛烈，甚至還能看見模糊的熱氣在跳動。我的汗不停流淌，渾身黏膩難受，一心只想找到阿愷學長，把東西給他就趕快離開。

可惜我太晚出門，到籃球場的時候，新生盃比賽似乎已經開始了。球場四周擠滿了人潮，座位區更是人滿為患，我只好挨著人群，努力伸長脖子尋找阿愷學長的身影。

他不是新生，應該不在球場上比賽吧？阿愷學長到底在哪裡？

我低頭拿出手機，正準備打電話給他。

此時，我聽見旁邊的女生大聲歡呼：「昔愷學長！」

彷彿應和著她的叫聲，四周越來越多人在議論阿愷學長。

我放下手機，小心翼翼鑽進人群，一路擠到前排，果然一眼就看見在場上的阿愷學長。

他的確沒在比賽，但嘴裡銜著一枚哨子，跟著球員們全場跑動。只見他滿身是汗，即使穿的是全黑的衣服，背後也透出了汗水的痕跡。

原來阿愷學長是新生盃的裁判。

但今天的主角明明不是他，為什麼周遭的人會這麼激動？

阿愷學長突然吹響口哨，比出裁判手勢，接著將籃球丟給其中一方。

只是這麼普通的舉動，立刻換來迷妹們的尖叫：「啊——鄭昔愷好帥！」

我摀住一邊耳朵，難以置信地看向身邊的女生。

剛才那樣到底帥在哪？我不懂！

我忽然想起新生訓練那天的烏龍事件。

當阿愷學長第一次跟我搭話時，立刻就有人認出他是系上籃球隊的隊長。

現在我才後知後覺地意識到，我的直屬學長行情似乎很不錯……

知道阿愷學長一時半刻抽不開身，我只好留下來看比賽。

也許是因為雙方人馬都是由新生組成，球員間彼此沒什麼默契，比賽並不如預期中精彩，反而打得七零八落。

才剛開始沒多久，勝負就已經很明顯了。

此時，下午第一節課的鐘聲敲響。

不少人因為有課，或者比賽已經沒什麼看頭，紛紛離開籃球場，一時之間四周空曠了不少。

不過那群迷妹還在，只差沒舉著布條大喊應援口號。

看見四周人潮散去，我順勢走到更靠近場邊的位置觀看比賽。

這時，其中一方的球員拿到球，場上頓時以他為中心，兩方人馬迅速往另一個半場移動。

阿愷學長含著口哨，貼著場邊，跟著他們跑向籃框。

就在阿愷學長跑過我面前時，他突然微笑，伸手朝我揮了兩下。

我愣住。

他是在和我打招呼嗎？

中場休息時間，場邊立刻有人遞給球員礦泉水和毛巾。

阿愷學長渾身是汗，兩手撐著膝蓋喘氣。

有人遞給他礦泉水，他卻搖了搖頭。

這麼熱的天氣，整場跑來跑去，他不打算喝水？

正當我疑惑著，阿愷學長卻朝我這裡彈了個響指，我身邊的迷妹們立刻騷動起來。

……他在幹麼？真把自己當偶像啊？

突然，他用口型說：「小學妹。」

我一陣茫然，下一秒很快反應過來，趕緊抓起礦泉水扔給他。

整個過程就像是直覺動作，我也不覺得這麼做哪裡奇怪，直到發覺身邊那群迷妹忽然安靜了下來，打量著我。

我如夢初醒。

等等！阿愷學長到底在搞什麼？

不過就是一罐水，他幹麼偏要我帶來的這一瓶？

我承受著四周好奇的眼光，恨不得立刻消失。

比賽結束之後，場上每個人都氣喘吁吁、汗流浹背。新生彼此握手擊掌，退到陰涼的樹蔭下，一邊擦汗喝水，一邊進行賽後檢討。

我在遠處看著，只見他們都雙眼放空，疲憊不堪的樣子。

只有阿愷學長還笑嘻嘻的。

他作為系籃隊長和裁判，最先發言。距離太遠，我聽不清楚，只覺得他站在人群中還挺有模有樣的，雖然臉上帶笑，眼神卻很認真。

說完後，他向其他人道別，拎起背包，朝我這裡走過來。

「你就這樣走了？不用留下來嗎？」

「不用，妳已經等我很久了吧？抱歉耶。」

阿愷學長頭髮還在滴汗，整張臉紅彤彤的。

「不會啦，是我太晚來了，害你餓肚子跑來跑去。」

「對，我要餓死了！妳有替我買午餐吧？」阿愷學長笑問。

「嗯，但是我自己做的。」我將便當袋遞給他，「在太陽底下晒了這麼久，我超怕它壞掉的，你最好趕快吃。」

「妳、妳做的？」他一臉吃驚。

有必要這麼驚訝嗎？

他接過我手中的袋子，迅速打開，雙眼定在便當上，良久不語。

我這才感到不對勁。

他該不會誤會了吧……

「因為我買太多菜，怕不趕快煮完會壞掉，才順便幫你做的。」

阿愷學長抬頭看我，表情複雜，眼神似乎有一瞬失落，但很快又大笑起來。

「哈哈，我知道！妳怎麼可能專程做便當給我吃。」

我不禁蹙眉，總覺得這句話裡透著其他意味。

想起剛才他要我在眾人面前把水扔給他的畫面，心裡頓時覺得不舒坦。

應該只是我想太多了吧？

我突然覺得有點尷尬，想要趕快離開。

「我待會還有事，就不陪你吃了，便當盒下次再還我就行。」

阿愷學長點點頭，露出笑容，「嗯，妳去忙吧。」

「對了，謝謝你替我要到任梁的課表。」

阿愷學長愣了一下，他收起笑容，鄭重其事地問：「我那天說的話，妳有聽進去嗎？」

阿愷學長這麼一提，我又忍不住生氣。

他就是覺得我絕對追不到任梁吧？

但即使他不說，我也知道。

我這才意識到，原來我生氣的對象就是自己，還有那個我永遠都搞不懂的任梁。

我裝作沒聽見，對阿愷學長微微一笑。

「那我先走了喔，你慢用。」

說完，我轉身就要離開，卻迎面撞上一雙熟悉的桃花眼。

我停住腳步，呼吸一滯。

沒想到會在這裡遇見任梁。

任梁直直望著我，綳著一張臉，眼裡透出一絲危險的寒意。

「阿梁？太巧了吧！」

阿愷學長拎著便當袋走過來，熱情地拍了一下任梁的肩膀。

任梁不為所動，目光始終停在我身上。

阿愷學長視線在我和任梁之間來回打量，接著皺眉問：「你們倆吵架了？幹麼大眼瞪小眼的。」

我也不知道是怎麼一回事，只能茫然地看著任梁。

此刻他面若冰霜，渾身散發著生人勿近的氣息。

他是在生氣嗎？

我突然想起自己這陣子正在跟任梁賭氣，現在遇到他，似乎有點尷尬……

雖然他根本不曉得我在賭氣這件事。

「呃……我還有事，先走了。」我決定開溜。

我匆匆退開，準備朝另一個方向離開。

還來不及反應，我便被一股力道拉住。這瞬間，我的心臟彷彿停止跳動。

我張大眼睛，不敢轉身，連呼吸都變得小心翼翼。

「孫妍然。」任梁清潤的嗓音傳來，直抵耳畔，「和我聊聊。」

我慢慢轉身看他，腦袋一片空白，渾身僵硬，「聊、聊什麼？」

沒等到任梁回答，出聲的卻是阿愷學長。

「阿梁，我們檢討會還沒結束，我先回去了。」

阿愷學長的聲音聽起來也有點不對勁，口氣似乎加重了幾分。

任梁仍然抓著我的手，應了一聲：「嗯。」

我感覺被任梁碰觸的地方，隨著心跳而顫抖。

「等你有空時，我們也好好聊聊。」阿愷學長說，「現在看來，我似乎需要一點時間重新認識你。」他的語氣帶了一點自嘲。

到底怎麼回事？我察覺氣氛越來越詭異。

阿愷學長對我笑了一下，便大步流星地離開了。

我目送他的身影越來越遠，覺得莫名其妙。

「孫妍然。」

我心中一震，回頭迎上任梁的目光。

任梁鬆開了我的手，眉頭緊蹙，臉色不太好。

「你要和我聊什麼？」問出口的同時，我才想到我們之間擱置許久的問題。

難道他是要趁這個機會說他不喜歡我嗎？所以現在才這麼嚴肅？我頓時有點慌了。

我心臟怦怦跳，等待任梁的回答。

「妳和鄭昔愷是什麼關係？」他劈頭就問。

「什麼？」我一臉茫然。

他沒有說話，只是直勾勾地望著我。

「我、我不是說過他是我直屬嗎……」

我又回想起和任梁重逢的那一天，他湊近我，聲音擦過我的耳畔。我的臉瞬間發燙，好像要燒起來了。

任梁忽然發出冷笑。「那妳現在為什麼臉紅？」

「啊？」

「看來，妳已經轉移目標了。」他問，「前陣子不是還天天跟著我，一副要追到天涯海角的樣子？才過不到一週，妳就開始為別人做便當了」

任梁的聲音平靜如水，我卻聽出其中暗潮洶湧，胸口忽然燃起一把無名火。

「你到底在說什麼？吃錯藥了嗎？」

他愣住，然後別開目光。

「……或許是吧。」任梁的態度突然軟化下來，甚至有些頹喪。

再大的怒火，在看到他這樣子後也都煙消雲散。

回想剛才任梁說的話，我忍不住感到奇怪。

這幾天我不再糾纏他，再加上他看到我送便當給阿愷學長，以為我喜歡上別人了嗎？

可是，如果我真喜歡上別人，最高興的難道不是他嗎？為什麼他現在會是這個態度？

難道……

我難以置信地睜大眼睛。

如果不是因為吃醋，那會不會真如羅珍所說的，他只是在享受這種和我周旋的感覺？

我輕咬唇瓣，感到既難過又受傷。

「任梁，我堅持不下去了。」我聽見自己說。

他抬眼，望著我。

「你那麼冷淡，對我的追求不屑一顧，現在卻又好像吃醋一樣。你到底要我怎麼樣？難道你真的是在耍我嗎？我不相信，可是我又有什麼辦法，你總是不說清楚。」

我越說越難過，眼眶慢慢沁出淚水。

「任梁。」我喚著他，「如果你真的不喜歡我，那就直說。比起你這種搖擺不定的態度，直接親口對我說出那句話，我反而會比較好過。」

任梁的表情很複雜，好像有很多話想說。

「妍然，我……」他的聲音緊繃，「對不起。」

他垂下眼，深吸一口氣，重新望向我，眼神浸染悲傷。

那樣的眼神，彷彿能看進我的靈魂深處。

我忍不住攥緊手心。

「我是喜歡妳。」他說。

這瞬間，四周萬物好像都靜止了。

我思緒空白，呼吸凝滯，然後聽見他再次開口——

「但是……我沒辦法和妳在一起。」

任梁對我微笑，帶著苦澀。

「因為我知道，妳總有一天也會離開我。我的這種不安，終究只會讓妳受傷。」

第八章　我的患得患失

坐在車上，我望著窗外不斷變換的景色，心緒紛亂。

好像有許多事在腦海徘徊，卻又陷入凝滯，什麼也想不了。

回到家後，我站在門口，拿出鑰匙，進門後大喊了一句。

老媽沒特別出來迎接我，只是逕自在廚房忙碌。倒是阿良一聽見我的聲音，立刻衝出來喵喵叫，纏在我的腳邊撒嬌。

我笑了，把牠一把抱起來，蹭蹭牠的腦袋。

「好想你呀！你好像變胖了不少，老媽應該沒亂餵你吃東西吧？」

阿良被我蹭得煩了，才撒嬌不到一分鐘，立刻掙脫我的懷抱，落在地上，一臉高傲地望著我。

我蹲下身，與牠平視。

「阿良，你當初是被人拋棄的嗎？」我低聲問。

阿良只是舔舔自己的手。

「如果是的話，當我想要收留你的時候，你會不會害怕？」我感覺心逐漸下沉，「害怕再次被拋棄？」

阿良像是聽懂了我的話，忽然停下動作，湊近我的手輕輕舔了一下。

我微微一笑。「謝謝你。」

晚上吃飯時，老媽發現我的異樣，問了一句：「妳怎麼了？」

我搖搖頭，胡亂地把飯塞到嘴裡，只說自己累了。

老媽罕見地沒繼續追問，我才發現她今天似乎也沒怎麼說話，不像平常的樣子。

「那妳呢？妳又怎麼了？」我反問。

老媽愣了一下。

「……沒事，快吃妳的飯。」

她不肯說，我也不繼續追問。

看來，我們母女倆都有自己的心事。

這晚，我躺在床上輾轉難眠。

窗外天色不知不覺從墨黑轉為淡藍，直到此刻清晨時分，思緒沉靜下來，一切好像才有了實感。

我從床上坐起身，揉揉乾澀的眼角。

想起任梁的坦白，我心口一陣刺痛，倏然紅了眼眶，眼淚掉了下來。

這樣的悲傷，並非因為無法與他成為戀人，而是單純地為了任梁感到傷心。

究竟是發生了什麼事，令他即使喜歡上一個人，卻也不敢輕易與她相守呢？

這大概是我所聽說過，最悲傷的告白吧。

感覺有些口渴，我走向房門，卻發現門縫外透著燈光。

我疑惑地打開門，躡手躡腳地走向光源，一路走向廚房。

看見眼前這一幕，我不禁愣在原地。

老媽此時坐在餐桌前，桌上擺著一瓶酒和酒杯。

她正仰頭喝下最後一口。

我很少看見老媽喝酒，只有逢年過節，她才會和親朋好友小酌幾杯。

只見她臉色憔悴，目光黯淡。

絕對是發生什麼事了。

「媽。」我心一橫，開口喊道。

她嚇了一跳，手中的杯子差點摔到地板上。

「妍然，妳起來做什麼？」老媽訝異地望著我。

我走近她身邊，拉了張椅子坐下。

「發生什麼事了？」我皺起眉。

她無奈地苦笑，放下杯子，嘆了一口氣。

「本來還在猶豫，該什麼時候告訴妳。」

「告訴我什麼？」我心臟跳得厲害。

「先答應我，聽了以後不要大驚小怪。」她對我笑了笑。

我咬住唇角，攥著衣襬。

「前幾天，我收到健康檢查的報告。」老媽沒看我，聲音沉沉的，「醫生說我好像長了一點東西，得做切片化驗看看是良性還是惡性。」

這瞬間空氣像是凝滯了。

我呆呆地望著老媽，一句話也說不出來。

「本來我也不覺得怎麼樣，畢竟年紀大了，不可能沒一點毛病，何況又還沒做切片，說不定只是個小東西，切掉就沒事了。」

老媽搖了搖已經空了的杯子。

「但如果真是惡性，甚至比想像中的更嚴重，該怎麼辦？我是不怕，那妳呢？經過妳爸的事以後，妳還能有勇氣面對這樣的事嗎？」

我沉默不語，緊緊抿著下唇，渾身都在發抖。

自從爸爸離開後，我們很少提起他。生活以不可思議的速度步上正軌，但其實那只是將難過隱藏起來，讓這個家的氣氛不再只是悲傷。

看不見傷口，不代表疼痛不存在。

「妳怎麼現在才說？」我根本無法思考，腦袋亂成一片，無數的臆測和恐懼閃現腦海。

我努力保持鎮定，聲音卻還是在發抖：「醫生怎麼說？東西長在哪？有跟妳約接下來的檢查時間嗎？」

「沒事，妳別想得太嚴重。」老媽笑笑地看著我。

我的眼眶再度酸了起來，眼前一片朦朧，緩緩流下眼淚。

「別哭了，搞得好像真的發生不好的事。別這樣唱衰妳媽。」

我立刻抹掉眼淚，淚水卻還是不斷往下掉。

老媽摸著我的頭髮，「早知道別告訴妳，果然大驚小怪的。」

「如果我不問，妳想瞞我到什麼時候？」我哭著問。

老媽微笑道：「我過幾天就要去做切片，無論結果怎麼樣，我都會告訴妳。等結果出來我們再討論，妳現在該做的，就是好好睡一覺。」

我不知道該怎麼辦，只能哭著點頭。

老媽幫我倒了杯水，「水給妳，讓我自己再靜一下。」

我接過杯子，指尖逐漸變得冰涼。

「沒事。」老媽溫柔地望著我，「快回去睡。」

我腦袋一片空白，跌跌撞撞地回到房間，癱軟在床沿。

我突然感到一陣恐懼，彷彿走在一條隨時會斷裂的繩索上。此刻我只想要聽聽那個人的聲音，想要擺脫這種令人感到恐懼的寂靜。

我什麼也沒想，直接撥通了電話。

直到聽見電話那端傳來嘟嘟聲，我才意識到自己的莽撞。

我緊張地想要掛斷電話，卻在此時聽見任梁的聲音。

「喂？」

淚水潰堤似地湧出，我嚎啕大哭，一句話都說不出來。

任梁安靜地聽著我哭泣，直到我出聲喚他：「任梁……」

「我在。」他說，「怎麼了？」

我抽了抽鼻子，「對不起，我不該打給你的……」

「孫妍然，妳現在在家裡嗎？」他的嗓音，比平時更添一絲低沉沙啞。

我垂下眼，「總之……對不起。」說完，我直接掛斷了電話。

握著手機，我縮在床角，什麼也不敢想，什麼也想不了。

不曉得過了多久，窗外天色已然全亮，早晨的陽光灑進屋內，我呆呆地躺在床上，瞇著眼，任由思緒混亂旋轉。

手機突然響了。看見來電顯示，我猶豫了幾秒才接起。

「如果妳在家，就現在下樓。」

我張大眼睛，意識好像到這一刻才清明起來，從窗邊往下看，果然看見熟悉的身影。

「任梁，你……」

「下樓。」

強勢的冷漠，任梁的語氣一如既往，我卻在其中聽出了溫柔。

我匆匆跑出房間、離開家裡，腳步隨著距離縮短而越來越快。

推開公寓大門，任梁就站在那裡，靜靜地看著我。

這瞬間，我的心彷彿融化開來，一股暖意蔓延全身。

任梁穿著簡單的白色T恤和運動長褲，頭髮亂亂的，有幾根頭髮還翹了起來。

「……早。」任梁搔了搔頭，似乎也有點不知所措。

我突然覺得這樣的他有點可愛，忍不住露出笑容。

他走近我，低頭端詳我的臉。

「還能笑，應該沒事。」

「你擔心我？」

「一大清早接到電話，聽見妳哭成那樣，能不擔心？」他蹙起眉。

「謝謝你。」我感動地說，「還有，對不起……」

在我最絕望的時刻，任梁就這樣奇蹟似地出現了。

「妳的確是應該和我道歉。」

任梁說完，一步步走近我。

我愣愣地看著他越來越近，還沒反應過來，最後落入了一個溫暖的懷抱裡。

四周彷彿都靜了下來，我只聽見自己怦怦的心跳聲。

任梁將頭靠在我的肩窩，輕聲喟嘆，彷彿鬆了一口氣。

下一秒，我的眼淚再度落下。

我也聽見了任梁紊亂急促的心跳聲。因為我的那通電話，他竟如此慌張，這一點也不像他。

我小心翼翼地伸出手，環住任梁的腰際。

眼淚浸溼了他的衣服，他卻無動於衷，只是緊緊地抱著我。

「⋯⋯對不起。」我哭得更厲害了。

「沒事就好。」任梁的聲音依舊清冷，我卻感覺到一片柔情。

我真的好喜歡好喜歡他。

喜歡到哪怕微不足道，我也想成為他悲傷中的一絲快樂。

過了一會，我覺得有些難為情，掙脫了任梁的懷抱。

他靜靜地望著我，眼裡沒有意外，似乎早就料到我的反應。

我一陣尷尬，低下頭，不敢看他。

「發生什麼事了？」他問。

我深吸一口氣，「我媽⋯⋯身體有點狀況。我⋯⋯想起我爸爸離開的時候。」

我不知道該從何說起，有些語無倫次。

「妍然。」

我看向任梁。

「我記得，妳曾說害怕再一次的離別。那面對我的事，為什麼妳能這麼勇往直前？難道妳不擔心，和我在一起總有一天會分離嗎？」

我愣愣地望著他，接著露出苦笑。

「正是因為總會迎來分離的那一天，所以才要把握時間在一起，不是嗎？」

任梁沉默地望著我。

「就像我害怕我媽也像爸爸一樣離開我，所以更要把握和她相處的每分每秒，才不會有遺憾。」

我抿了抿唇，抬頭看著任梁。

「對我來說，你也是這樣，因為我真的很喜歡你。」我深呼吸，堅定地看向他，「為什麼你要擔心我會離開？其實答案很簡單，也許，你只是沒有那麼喜歡我罷了。」

任梁也喜歡我，可是，他沒有喜歡到願意承擔離別的苦楚。

答案根本沒那麼複雜。

任梁只是不像我，比起害怕離別，更害怕蹉跎這段心意。

「妍然，我昨晚想了很多。」任梁牽起我的手，「或許在我拒絕妳以後，妳會消失在我的面前。當日子漸漸過去，妳會和其他人在一起，然後，我和妳就真的再也沒有後續了。」

我噙著淚，靜靜聽他說。

「明明這就是我想要的結果，但光是想像，我就感到難受。」任梁露出苦笑，「後來我也明白了，妳說即使會迎來分離，也要把握每分每秒的意思。」

任梁再度湊近我，擁我入懷。

「我曾失去人生中最重要的東西，所以變得小心翼翼，即使遇見了想要珍視的人，也不敢輕易許下承諾。」

他的聲音近在咫尺，柔情萬千。

「還能再一次擁有想要守護的人，就像是獲得了第二次機會，讓我能再次接近幸福。」

「……任梁？」

「所以，或許妳說錯了。」任梁鬆開懷抱，扶著我的肩膀，直直望入我的眼底。

他的眼神，蘊含著我從沒在他眼裡見過的情緒。

那是與悲傷截然不同的——希望。

「我願意為了妳承受那些恐懼。」任梁笑意溫柔，「但我還在學習，可能做得不夠好。即使是這樣，妳也願意和我在一起嗎？」

眼淚從眼角滑落，我握緊他的手，哽咽得說不出話，只能用力點頭。

「那妳要答應我，無論發生什麼事……都不准輕易離開我。」

我破涕為笑，「沒有人告白像你這樣談條件的。」

「答應我。」

我垂下眼簾，輕輕點頭。

任梁摸摸我的頭髮，傾身在我額上落下一吻。

「別擔心，一切都會沒事的。」他在我耳畔輕聲說。

「好。」我微笑。

任梁也笑了，「因為有我陪著妳。」

因為有他陪著我，所以一切都會沒事的。

看著他那雙溫柔的桃花眼眸，我願意如此相信。

凝視著任梁半晌，我忽然意識到自己正在家裡樓下。要是等等被老媽或鄰居撞見，那就太尷尬了！

思及此，我立刻往後退了幾步，和任梁保持安全距離。

「怎麼了？」

我感覺雙頰發熱，囁嚅道：「沒事，只是我該上樓了。」

任梁輕笑了一聲。

「那我先走了。檢查結果出來以前，別胡思亂想，照顧好自己。」

「照顧好自己？」我有點哭笑不得，「你把我當小孩了是不是？」

「星期一見。」說完，他準備離開。

我心一橫，往前跨了幾步，伸手拉住他的衣角。

「怎麼了？」

今天的任梁太溫柔，令我覺得不真實。自從認識他以來，只要他對我好，好像就是準備推開我的時候……

忽然，任梁握住我的手。

「星期一見。」

明明是和剛才一模一樣的話，此刻聽起來卻多了安心與踏實。

我感覺心口傳來暖意，不禁露出笑容。

「好，星期一見。」

任梁鬆開了我的手，摸摸我的頭。

「再見。」

「再見。」

這一次，我們還會再見。

看著任梁漸漸走遠的背影，我知道他會在故事的下一頁等我。

我們的故事，會一天一天，接續下去……

直到任梁的身影完全消失，我才回頭準備上樓。

沒想到當我一轉頭，老媽那張看好戲的臉立刻撞進我的視線裡。

我嚇得摀住嘴，差點尖叫出聲。

只見她雙手抱胸，倚在公寓門口，挑眉盯著我。

她大概一夜沒睡，眼睛還有點腫，眼神卻不再憔悴，反而添了幾分戲謔。

「妳、妳怎麼在這裡！」

「虧我還在擔心妳都不交男朋友，原來是惦惦吃三碗公嘛！」

「什麼三碗公？」我拍了她手臂一下，「別亂說！」

老媽還是笑嘻嘻的。

「跟我說說，什麼時候開始的？該不會從家教那時你們就在暗度陳倉了吧？」

我抱住老媽的手臂瘋狂搖晃，閉著眼睛不想面對這令人發窘的狀況。

「不要問了、不要問了！我們才沒有暗度陳倉！」

雖然我不是很清楚暗度陳倉是什麼意思，但感覺從老媽口中講出來就特別奇怪！

「那是什麼時候開始的呀？」老媽一邊追問，一邊推著我上樓。

我急得揮舞著手，「什麼都沒有啦！」

「任梁這孩子這麼好，又不是外人，妳藏著幹什麼？怕媽媽跟妳搶啊？」

我無計可施，只能一直慌張地揮手，「妳不要亂講話！」

「都追到家裡來了還害羞？」老媽放聲大笑，整座公寓樓梯都迴盪著她的笑聲。

「媽，拜託妳小聲點！」我簡直要瘋了。

「哎呀，是不是該打通電話給任梁他媽媽？不知道她聽了以後會是什麼反應？」

我立刻抓住老媽的手，「妳不可以告訴任阿姨！」

才剛開始交往不到十分鐘，就被對方媽媽知道？我才不要！

看我這麼正經八百的樣子，老媽似乎投降了，一邊哈哈大笑，一邊應了下來：「好啦好啦，不鬧妳。」

「真的不可以說喔！」我慎重警告。

「好。」她無奈地點頭。

話鋒一轉，她又說：「不過，你們到底什麼時候開始的？」

「媽，不要再問了！」

忽然，老媽伸出雙臂，將我摟在懷裡。

我沒料到她會這麼做，不禁愣住。

「……老媽？」

「妳是把什麼事都藏在心裡的個性，本來擔心妳又會獨自承受……幸好，現在有了能替妳分擔的人。」

我靜默半晌，抿住唇，沒有答話。

「我知道任梁也藏有許多心事，既然你們在一起了，應該成為彼此的支柱。要懂得去坦承真實的自己，讓兩個人之間的感情沒有一絲縫隙可趁。唯有如此，感情才能走得長久，知道嗎？」

我露出微笑，在老媽的懷裡點點頭，「好。」

我忽然發覺，幸福是很神奇的一件事。

幸福能令人患得患失，明明還握在手裡，卻已經開始懼怕消逝的瞬間。

幸福也能在某些時刻，給人滿滿的勇氣，繼續面對每個未知的明天。好像無論有什麼挑戰等在前方，只要手心還是溫熱的，便能勇往直前——

就像今天。

週日晚上，我帶著幾件輕薄的長袖衣物，準備回租屋處。

離開前，老媽正盤腿坐在沙發上。

「那我就先回去嘍。」我一邊穿鞋子，一邊說。

「嗯，路上小心。」老媽拿著遙控器，漫無目的地切換頻道。

我正準備低頭綁鞋帶，就聽見她說：「對了，我已經預約檢查了。」

我動作一頓。

老媽的語氣聽起來帶著一絲輕快。我揚起微笑，拋開內心多餘的擔憂。

「記得檢查結果要第一時間跟我說，敢再瞞著我，妳就完蛋了！」

老媽難得沒回嘴，只是哼了一聲，「還需要妳提醒我？」

「好啦，不說了，我要趕不上車了。」我站起身。

「下次回家是什麼時候？帶任梁來家裡吃飯啊！」

聽見任梁的名字，我立刻感覺雙頰發熱……

我撓撓鼻子，小聲地回應：「再、再說吧。」

感覺老媽接下來肯定又要調侃我，我立刻拎起行李，大喊一句「再見」，頭也不回地往外衝。

關上門的瞬間，我似乎還能聽見老媽的笑聲，我恨不得挖個地洞鑽進去。

才交往沒多久就帶男朋友回家，這太嚇人了吧！

雖然他也不是沒進過我們家……

手機突然響起，一看見來電顯示，手一滑，差一點就把手機摔到地板上。

我抓好手機，接起電話。

「喂、喂？」我的心臟怦怦跳。

「妳出門了？」

「對，剛、剛出家門。」我的舌頭差點打結。

這是我和任桀正式交往後的第一通電話，總覺得心臟都快要不是自己的了。

「阿姨載妳嗎？」

「不是，我要自己坐車。」

「那妳先別走，等我一下。五分鐘內到妳那。」

我愣了半晌，「啊？可是我要趕……」

「我載妳，一起回去。」

我驚訝得合不攏嘴，「載、載我？」

他明明說星期一見的，我還沒有心理準備今天看到他啊！

「不想？」他句尾上揚，勾人心神。

「也不是不想……」我越說越小聲，心虛得很。

電話那端隱約傳來任梁的笑聲，我還沒平復心跳，就聽見他說：「那就好好等著。」

電話被掛斷了。我握著發出嘟嘟聲的手機，對著樓梯發呆。

走出公寓大門，想起這裡就是昨天早上和任梁見面的地方。

一想起我們曾經在這相擁，感覺自己的心臟又要使不上力了……

過了幾分鐘，一輛車鑽入巷內，朝我緩緩駛近。

我以為是附近鄰居回來了，沒怎麼理會，忽然車燈閃了一下，我瞇眼抬頭。

車窗緩緩搖下，熟悉的桃花眼眸，正略帶笑意地望著我。

我張大眼睛，驚訝出聲：「任梁？」

我看看他，又看看他的車，再次驚呼：「原來你會開車？」

任梁無奈地笑，「大驚小怪。」

「……我哪有。」

「否則妳以為我要怎麼載妳？騎車？」

老實說，我還真沒想過這問題。光是聽到任梁要親自來接我回去，我就已經緊張得無法思考。

任梁似乎看出我還想回嘴，悠悠地說：「別再想怎麼反駁了。快上車。」

我朝他吐了一下舌頭，匆匆繞到另一邊，坐進副駕駛座。

任梁就在我左手邊。

光是這樣的距離，我彷彿就能感受到他的體溫，溫柔地傳遞過來。我忍不住垂下眼，暗自貪戀這一刻的溫暖。

任梁突然伸手，提起我擱在腿上的行李。

我驚訝地抬頭，只見他已經將我的行李放到後座了。

轉身回來時，他動作自然地伸手過來，將我的髮絲勾至耳後。我不禁抿起脣，對他微笑。

他問：「不曉得我會開車？」

「我之前又沒被你載過，怎麼可能知道？」

「也是。」

「難道你常載其他女生？」我沒頭沒腦地問了一句。

任梁明顯愣了一下。

「……沒有，我只載女朋友。」

聽見這句話，我的心臟簡直要爆炸了，我佯裝若無其事，轉過頭繫上安全帶。

「你快開車吧，不要擋在我家門口。」

聽見任梁的笑聲傳來，我乾脆閉上眼，暫時不搭理他。

車子發動了。

我睜開眼，盯著窗外流轉的風景，突然又想起自己剛才問的問題，以及任梁的回答。

有點不對勁。可是，又說不上哪裡奇怪。

還沒等我細想，就聽見任梁問：「怎麼了？真的生氣了？」

尾音連續兩次的上揚，像是撓著我的心，我一陣怦然。

「沒有啦……」

我瞄了他一眼，任梁正盯著前方路況，聽到我的回答後，嘴角輕輕勾起一縷笑意。

我突然意識到，自我和他認識以來，今天好像是他笑容最多的一天。

我小心翼翼地湊近他，想將此刻他的側臉烙印在眼底。

他不自在地轉了轉脖子，「怎麼一直盯著我？」

「你笑起來很好看。」我說。

他愣住半晌，目光瞥向我，「怎麼突然——」

「你專心開車，把一邊耳朵分給我就好。」

我伸手將他的頭扳正，要他注意路況。

「任梁，我知道你有很多悲傷的事，而我也不是非得要知道。比起了解你的悲傷，我更想試著讓你感到快樂。」

他轉動方向盤，沒有說話。

我莞爾，「就這樣，我說完了。」

下一秒，我感覺車子慢慢停下來了。

我以為他停在路中央，緊張地四處探看，這才發現他將車停到路邊，不禁鬆了一口氣。

「妍然。」

「嗯？」我轉過頭，同時看見他伸出雙手，覆在我的兩邊耳側。

一時之間，我們靠得好近好近……

「對不起，我沒辦法像妳這麼樂觀，我沒有自信能帶給妳快樂，甚至覺得自己總有一天會傷害妳……但接下來的日子裡，只要妳對我的感覺依舊，我就會一直陪在妳身邊，不因為任何事離開妳。這是我的承諾。」

他迷離的眼眸，倒映著外頭閃爍的燈光，頓時流光乍洩。

在當他的讀者時，我認為他懂得如何真正去愛一個人；之後成了他的學生，我認為他那雙寂寞的眼眸渴望著被愛；現在成為他的戀人，我卻摸不透他究竟擅長愛人，還是被愛，唯一的念想，是慶幸。

慶幸他被愛時，那些人裡有我；慶幸他愛人時，這個人是我。

任梁緩緩地靠近我，我閉上雙眼。

唇瓣相貼的瞬間，我不禁屏住呼吸。

他的唇有些乾燥，帶著一點涼意。我卻覺得自己的雙唇太溫熱，彷彿悄聲引燃了心裡的什麼，渾身血液霎時都奔騰起來……

忽然，任梁輕輕咬了我的下唇，我忍不住睜眼想要瞪他，卻看見他的眼角帶著淚痕。

直到任梁再度咬住我的唇瓣，我才重新閉上雙眼，小心翼翼地回應這個吻……

其實，看見他淚痕的瞬間，我就後悔了。

如果可以，我想要收回那句「我也不是非得要知道」。

究竟是什麼事，令任梁這麼痛苦？

我好奇得快要抓狂。

是和那個叫李晴善的女孩有關嗎？

如果我問了，任梁會告訴我嗎？

我開始感到不安。

交往的第一天，我卻已經開始感到懼怕。

❀

回到租屋處時，羅珍恰好打電話給我，說自己明早才會回來，要我晚上記得鎖好門。

掛斷電話後，我不禁鬆了一口氣。

羅珍的直覺一向很準，總能一眼看出我有心事。要是她今天見到我，肯定會發現不對勁，輕而易舉就能問出我和任梁交往的事。

我還沒準備好接受她的盤問。

我將行李隨手一扔，渾身像被抽乾了力氣，癱軟在沙發上。

我沒想要隱瞞與任梁的關係，卻也沒打算這麼快告訴羅珍。

因為，我感覺自己和任梁之間，似乎還有很多問題必須解決……

即使我再怎麼努力忽視這件事，心中深處仍是清楚，我其實一點也不了解任梁。

我想改變這樣的狀況。我想觸碰任梁的內心。

可是，我卻沒有自信……我害怕自己在任梁心中的分量，也許還不足以讓他冒著風險，去細數他的遍體鱗傷。

我抬起臉，刺眼的燈光扎得我瞇起雙眼。

我伸手輕掩，淚水卻已浸潤眼角……

真奇怪，我為什麼要哭呢？

明明都和喜歡的人在一起了，我為什麼要哭？我討厭自己的軟弱。

心緒紛亂，我幾乎整晚沒睡，直到天光漸漸亮起，我才勉強入睡。

我睡得很淺，因此就算羅珍已經放輕腳步，我還是醒了。

羅珍看見我睜開眼睛，一臉歉疚地說：「啊，抱歉，吵醒妳了？妳繼續睡吧。」

我看了一下時間，是早上六點。

我伸手將鬧鐘按掉，微笑道：「沒關係，我今天早八，這時間再睡也睡不久了。」

此時，羅珍正在自己的床上整理行李。

她一邊整理，一邊問：「妳怎麼黑眼圈這麼深？昨晚沒睡好？」

果然是羅珍，這敏銳的觀察力……我忍不住在心裡嘆口氣。

事實上，我已經很多天沒睡好了，感覺自己身體極度疲憊，但卻一點睡意也沒有。

「沒什麼。」我輕聲回。

羅珍皺起眉頭，停下手上的動作。

「真的沒事？我是擔心妳才問的喔。」

「嗯。」我點點頭，「謝啦。」

為了不讓羅珍進一步追問，我趕緊起身去廁所盥洗。

換好衣服後，我便提早出門上課。

今天天氣很好，陽光溫暖卻不刺人，是夏末難得的溫和天氣。

我繞著學校操場走了一圈後，在操場中央的草地上席地而坐。早晨的校園一片寂靜，放眼望去只有幾個人在晨跑。

我靜靜地坐在草地上，對著天空發呆。

「小學妹？」熟悉的聲音傳來，我驚訝地抬頭，望向聲音來源。

「阿愷學長？」

他穿著運動服，一手拿著籃球，另一手則抱著一個大水瓶。

我愣聲問：「你怎麼這麼早來學校？」

他一屁股坐到我旁邊，「這是我要問妳的吧？我就住學校宿舍，每天早上都會來投籃啊。」

我應了一聲，不知道該和他說些什麼，只能沉默。

我突然想起上一次和阿愷學長見面時，任梁那近乎吃醋的表現，還有他們倆之間的對話。總覺得他們當時的氣氛非常詭異，而且似乎不全是因為我。

「嘿，之前說好要請我吃火鍋的，沒忘吧？」

「忘了。」我開玩笑地說。

阿愷學長罕見地沒接話，話鋒一轉：「總覺得，我和妳之間有些誤會。」

我愣了一下，「……誤會？」

「關於任梁的。」他目光飄向遠處，「妳現在還沒放棄他，是嗎？」

我靜默了半晌。我該告訴他，我和任梁已經開始交往了嗎？

「我絕不是看衰妳，像妳條件這麼好的女孩，哪個男生不會心動？但是那個人是阿梁，就算他真的對妳動心，那也只是……算了，妳什麼都不知道。」

我聽得一頭霧水，也覺得有些莫名其妙。

「把話說完。」我語氣不悅。

他皺起眉，「……阿梁似乎不想讓妳知道。」

我驚訝地望向阿愷學長。

「阿梁不想告訴妳，也許有他的原因，而我也尊重他的決定。但無論我怎麼想，都覺得他的隱瞞對妳來說是一種傷害，所以我才會一直勸妳及早放棄他。」

「那你告訴我不就好了？」兜兜轉轉，阿愷學長不就是希望我知道這些事？那何不直接告訴我？

聽見我這麼說，阿愷學長的臉色突然變得很嚴肅。

他意味深長地說：「妳難道不懂嗎？顧慮他的隱私其實只是其次，如果他的心事必須由我來告訴妳，那妳或許根本從沒走進他的心。更別提什麼喜歡，不可能的。」

學長的話像一把刀，直接刺在我的心上。

我怎麼會不懂呢？我露出苦笑。

我一點也不了解任梁，甚至必須旁敲側擊，才能稍微了解他的過去。

我真的碰觸過他的內心嗎？

又或者，他是真的喜歡我嗎……

「小學妹？」阿愷學長擔心地出聲，「妳還好嗎？」

我勉強勾起一抹笑，「我沒事。」

「抱歉，我說得太直接了。」他打開水瓶，仰頭喝了一口水。

過了一會，他再度開口：「小學妹，我知道要妳放棄這種話聽了會不高興，但我沒有惡意。」

我盯著自己的腳尖，悵然若失。

「不過，等妳哪天真的放棄任梁了，記得告訴我。」

我強打起精神，反問一句：「為什麼要告訴你？」

阿愷學長露齒一笑，「好讓我開始追妳啊。」

我愣了一下，佯裝無事地笑了笑。

「又拿新生訓練的事揶揄我？」

這次換阿愷學長傻住了。

「……我是認真的。」

「好啦，好啦，全世界你最認真。」我笑著說。

我從草地上站起身，拍拍褲子上的塵土。

「先走嘍，我早八的課。」

轉身離開前，我向阿愷學長眨了一下眼睛，笑得特別燦爛。

他只是盯著我，眼神複雜。

我轉過頭，斂去笑容，思緒混亂不堪。

早上七點，我已抵達上課教室。

為了消磨時間，我從口袋裡掏出手機，發現有一則未讀訊息。是任梁四分鐘前傳來的。

「早。」

一看見任梁的訊息，心中有股愉悅悄然滋長。

但一想到剛才和阿愷學長的那段對話，我又不禁感到落寞。

昨晚才因他而流淚，現在又因他嶄露笑顏，我感覺自己快要變成神經病了。

我立刻在手機上敲下一句：「早安。」

才剛傳送出去，不到幾秒的時間，就看見狀態顯示為已讀。

我驚訝地盯著螢幕，任梁的訊息立刻就傳過來：「起床了？」

「起床了。」

還沒等我回覆下一句，我的手機忽然開始震動。

我嚇了一跳，趕緊接起電話：「喂？」

「怎麼這麼早起床？」

「我今天是八點的課。」我說，「而且我已經在學校啦。」

「嗯。」任梁的聲音聽起來有些含糊，帶著一絲朦朧。

難道他才剛睡醒嗎？

果然，下一秒便聽見他說：「本來打算和妳一起吃早餐……但我現在還在賴床。」語末，還帶著一絲笑意。

任梁賴床？我忍不住笑了。

「沒關係。」我微笑著說。

「既然約不到妳的早上，」任梁嗓音微啞，「把晚上留給我，怎麼樣？」

「哦，可、可以啊。」我又該死地開始結巴。

以前當任梁學生的時候還沒什麼感覺，但自從認清自己的心意以後，就覺得任梁說的每一句話都具有蠱惑人心的魔力。

「想做什麼？」

「都好。」

「妳今天在學校待到幾點？」

「五點。」

「那妳下課後在校門口等我，我去找妳。」

我對著空氣用力點頭，「好！」

結束通話後，我仍微笑盯著手機。然而阿愷學長的話，卻總在我耳邊縈繞不去。

我的笑容不禁黯淡下來。

第九章　我的自欺欺人

最後一堂課結束，我與任梁碰面，一起到附近的餐廳吃晚餐。

過程中他沒怎麼說話，我也早習慣了他的沉默。

然而，屬於任梁的溫柔，總是顯露在不經意的細節裡。

當我要入座時，他示意我坐到靠牆的位子，自己則坐在靠走道的那一側。一開始我不太懂他的用意，直到服務生上菜時，我才明白他的細心。

坐在靠牆的位子，能清楚看見服務生的動向，若是坐在靠走道的那一側，不容易發現服務生，上菜時一不小心就會發生碰撞。

他這是當了一回紳士啊。

察覺到任梁細膩的溫柔，我心中一陣柔軟，靜靜地凝望著他。

他坐得很端正，拿筷子的手勢非常標準，即使身處平價餐廳，他也自帶一種高貴優雅的氣質。

「怎麼了？」任梁抬起頭，疑惑地問。

我尷尬地笑道：「沒有、沒有。」

我趕緊埋頭吃東西，眼睛都不敢抬一下。

「姸然。」

「嗯？」我小心翼翼地抬起頭。

「或許是我多心了，不過……」他頓了一下，「妳有什麼心事嗎？」

我愣住，直直望著他。

「從昨晚開始，妳就有些不對勁。」

看來，敏銳的人不只羅珍一人。還是我表現得太明顯了？

我露出苦笑，卻看見任梁微擰的眉心，眼神裡透著擔憂。他這樣的眼神，令我有了信心。

我鼓起勇氣開口：「我覺得，我好像不夠了解你。感覺你有好多祕密，我什麼也不曉得。」

我不敢看他，一觸及他的目光，忍不住躲開。

任梁微愣，靜默半晌，沒有馬上回應。

「對不起，我不該這麼說的。」我慌張地道歉，「明明我說過不是非得要知道你的事……」

「沒事。」任梁擱下筷子，握住我的手，輕輕摩娑我的掌心。

「是我不好。我不怎麼擅長說自己的事。」

「我、我不是怪你的意思。」我低下頭。

「我知道。」他輕笑，「來日方長，我會慢慢向妳傾訴。」

「真的？」我驚喜地抬眼。

「我會努力。」他噙著淺笑，笑容卻漸漸淡了下來，「不過……有些事我不知道告訴妳好不好。」

「什麼意思？」我疑惑。

幾乎是在這一瞬，我想起阿愷學長說的話。

有些事，任梁似乎不想讓我知道。

「面對這段感情，我有點膽小。」他自嘲一笑，「有些事我不敢告訴妳，擔心妳聽了以後就想離開我。甚至會因此受到傷害。」

我皺起眉頭，「怎麼可能？」

他但笑不語。

「任梁，我——」

「不說了。」他仍微笑著，眼神卻已染上落寞。

「妳現在會這麼篤定，是因為妳還不知道是什麼事。」

我頓時無話可說，只能愣愣地望著他。

究竟是什麼事？為什麼唯獨不能告訴我？

我記得吃火鍋那天，阿愷學長曾語重心長地警告我，要我千萬別在任梁面前提起那個人。

此刻望著任梁悲傷的眼神，我忍不住感到難過。

李晴善……這個名字，似乎串起了一切。從我與任梁在書店的初遇，一直到此時此刻。

如果真是這件事，為什麼任梁會害怕告訴我？

「所以他們分手了？」

「……算是吧。」

阿愷學長那句「算是吧」，我現在才發現是多麼含糊。

如果任梁不敢告訴我的、害怕傷害我的，真是那個女孩的事……

「妳的表情不太好。」任梁緊蹙眉頭，「對不起，我不該對妳說這些。」

我不知道能說些什麼，只能直搖頭。

任梁對我溫柔一笑，「別胡思亂想。妳答應過我，會相信我，不是嗎？」

聽見這句話，我如夢初醒。

我答應過任梁，無論發生什麼事，都會相信他的。

「嗯。」我輕聲應了一句。

我一定做得到。因為我喜歡他。

我感受得出來，任梁也喜歡我。

他給予我的溫柔、四目相交時傳遞至心中的怦然……那些不會是假的。

這樣就夠了。只要他是真的喜歡我，我就願意無條件相信他。

「妳或許根本從沒走進他的心。更別提什麼喜歡，不可能的。」

阿愷學長的話卻在此時響起，而我內心的答案，也無法再如此篤定了。

結束這頓滿腹心事的晚餐，任梁問我還想不想去哪裡。

我其實有點累，畢竟這幾天總是徹夜難眠，加上剛才那段對話，我感覺已然心力交瘁。

我猶豫了許久，但怕任梁擔心、多想，於是我微笑，努力打起精神。

「那就去看電影吧？你會不會覺得太無聊啊？」

任梁花了很大的力氣克服過去的陰影，我從沒打算逼迫他這麼快向我傾訴一切。

儘管我對那片陰霾一無所知，但我不想讓他發覺我的不安。

任梁牽起我的手，近乎寵溺地對我說：「不會。」

這一瞬的我是幸福的，就像我親口對任梁說的，比起了解他的悲傷，我更應該試著讓他感到快樂。

來到電影院，我對電影沒什麼特別喜好，直接交給任梁選擇。然而排隊買票時，他不斷向我確認：

「妳真的要把選擇權交給我？」

「對呀，怎麼了？」我困惑，「難道你想選恐怖片？可以呀，我敢看。」

任梁露出哭笑不得的表情。

「我選的片子，妳肯定不懂得欣賞。」

我瞪大眼睛，難以置信，「你說什麼？再說一遍！」

「沒什麼。」他擺擺手，「妳不後悔就好，千萬別看到睡著了。」

「……這位先生。」我高舉右手，作勢要打他，「你是不是在拐著彎罵我沒文化？」

「這可是妳自己說的，不關我的事。」他揶揄，挽起我的手，順勢將我的右手收進他的臂彎裡。

我還想跟他吵，但隊伍已經輪到我們了。

到了櫃檯前，任梁又向我確認一次，「妳真的要看我選的？」

我哪管他要看什麼，只覺得自尊心不能受到踐踏，直接回答：「看！」

當我走入影廳，發現只有我們倆和零星幾個觀眾時，我立刻有種不妙的預感。

果然，電影開始播放時，我就後悔了。

任梁選了一部文藝片，才放映不到半小時，我已經受不了。

我隱隱聽見身旁的任梁正在偷笑，忍不住轉頭瞪了他一眼。

「你故意的吧？」我說。

他裝傻，靠在我耳畔說：「這部片得了很多國際獎項，評價極高。」

我感覺自尊心再次受到打擊，只好挪了挪姿勢，正襟危坐，假裝看得津津有味。

任梁看我這個樣子，低笑了幾聲。

過了半晌，他似乎認真看著電影，沒和我搭話。

然而，我卻越看越出神，甚至感覺到一股強烈的睏意襲來……

影廳裡的空調舒適，電影的節奏緩慢且色調灰暗，我感覺眼皮越來越沉……

在我墜入夢鄉前，忍不住在心裡對自己說：「孫妍然，承認吧！妳就是個沒文化的人！」

意識模糊間，我感覺任梁摩挲我的臉頰。

我很想睜開眼睛，但實在太睏了，完全提不起勁。

他的觸碰如此溫柔，如此真實。夢境的倒影，彷彿隨著他的觸碰而泛起圈圈漣漪……

「妍然？」他的聲音近在耳畔。

忽然，時空彷彿開始倒退，回到我與任梁分別的那一個午後。

我躺在他家的沙發上，感覺到他覆在我的耳畔，悲傷而溫柔地說：「……孫妍然。妳，是孫妍然。妳……只是孫妍然。」

然後，突然回到這一瞬。

「我愛妳。」

夢境像是隨著這句話而震了一下，意識也一點一點地清醒過來……

「可是，有時候我也會感到混亂……這份愛，真如我所想得那麼純粹嗎？」

我裝作什麼也沒聽見，繼續閉著雙眼。

❀

那天以後，我和任梁的相處與平時沒有不同，我也下意識地裝做什麼都不知道，甚至克制自己不要回想起這件事。

睡前，任梁照例撥了通電話給我。我的手機關了靜音，睡在旁邊的羅珍沒聽見。

我拿起水瓶，假裝要出去裝水，實際上是跑到房間外接電話。

「喂？」我出聲，忍不住微笑。

「嗯。」任梁應了一聲。

「任梁，晚安。」

「妍然，我明天……」他語氣帶著猶豫。

我有點疑惑，「怎麼了？」

通常他和我互道晚安後就會結束電話，今天卻格外反常。我感覺得出來他想對我說什麼，可是打住了。

「沒什麼……只是我明天學校有點忙，妳可能會聯絡不上我。」

「哦，我知道了。」就只是這樣的叮嚀，他為什麼要欲言又止？

「晚安，妍然。」

「晚安。」

直到掛斷電話，我都還是一頭霧水。

隔天，我明顯感到不對勁。

早上起床時，我習慣性地傳訊息向任梁道早安，直到下午他都沒有回覆，甚至沒有已讀。

我平時並不是特別在乎這種事，只是任梁通常都很快回訊息，今天卻突然反常，令我有點掛心。

不過一想到他說過今天會有點忙，可能會聯絡不上他，我就認為只是自己多心了，忍不住在心裡數落——我是什麼時候患上疑心病了？

去學校上課時，恰好經過任梁上課的教室。

我站在外頭，留心地看了一下，找不到他的人影。

也許是看我在教室外逗留太久，一個同學向我搭話：「同學，妳要找誰嗎？」

我轉頭，立刻認出對方就是之前替我送飲料給任梁的人。

他也認出我，驚訝地說：「欸，妳就是那個追任梁的女生！」

不好意思，我已經是他的女朋友了。

我本來想這樣帥氣地回應，結果他根本沒給我說話的機會。

「如果妳要找任梁的話，剛剛上課點名時，助教說他今天請假。」

請假？我驚訝地問：「為什麼？」

任梁昨天在電話裡分明說是要忙學校的事，但卻沒來學校？

「不知道耶，就只知道他沒來。」

「喔，謝謝你……」

毫無預警地請假，難道他生病了？那他一個人在租屋處還好嗎？會不會昏倒了都沒人發現？

我越想越擔憂，忍不住拿出手機撥電話給任梁。

他手機關機了。

我既困惑又不安。任梁到底發生什麼事了？

一時之間，我也不曉得該怎麼辦，怕自己大驚小怪，卻也怕一語成讖。

任梁不接我電話，我還能做什麼？

我第一個想到的是打電話給老媽，請她問問任阿姨。不過這樣未免反應過度，我立刻打消念頭。

我才驚覺，自己和任梁的交友圈簡直毫無交集，我甚至不曉得他租屋處的地址。

等等——阿愷學長！我拍了一下自己的腦袋，也不管上課鐘已經響了，立刻打電話給他。

阿愷學長過了幾秒才接起來，語氣有點驚訝：「小學妹，妳找我幹麼？」

「呃……」我忽然想到學長還不曉得我和任梁在交往，不禁有點心虛，「你知道任梁租屋處的地址嗎？」

阿愷學長頓了一下才回應：「妳追人都要追到家裡去啦？」

「不是啦！他今天請假，我是擔心他生病了……」

電話那頭靜默了半晌，不知道為什麼，我總覺得阿愷學長是在猶豫。

「請假很正常啊，妳太大驚小怪了。說不定他只是睡過頭。」

這我當然知道，可是……

阿愷學長繼續說：「而且就算他請假也不用向妳報備，他肯定是有原因才請假的。」

我深深嘆口氣，主動坦白：「學長，抱歉，一直沒跟你說……其實我和任梁開始交往了。他昨晚跟我說今天要忙學校的事，可是我卻發現他根本沒來，報備倒是不用，我只是擔心他。」

阿愷學長沉默良久，才開口：「孫妍然，妳沒在跟我開玩笑吧？」

他的語氣有點不太對勁。

「我幹麼騙你？你如果知道他的地址就快告訴我，我要過去找他。」

「孫妍然……」他像是在醞釀什麼，欲言又止。

「幹麼？」

「告訴妳地址也沒用。」他說，「阿梁今天不在家。」

一陣詭異的沉默，阿愷學長沒再繼續說下去。

「什麼意思？你知道他在哪裡嗎？」

阿愷學長沒有直接回應我的問題，反而問：「妳現在在學校？」

「對啊，我在第一教研大樓。」我立刻拉回正題：「你是不是知道任梁去哪了？」

「還是當面說吧。我現在過去找妳，妳等我。」

阿愷學長來的時候，臉色很難看。

他一看見我，立刻快步向前，抓住了我的手。

他氣喘吁吁，我看見他額上沁出汗水，大概是一路跑過來的。

「你幹麼？」我驚慌地問。

「任梁他……真的沒告訴妳嗎？」阿愷學長氣息紊亂，似乎正試圖保持鎮定。

「告訴我什麼？」

「他都和妳交往了，還不打算告訴妳？他到底想怎樣？」阿愷學長的眼神透著怒氣，我被他看得心慌，感到莫名的畏懼。

但下一秒，這種害怕就成了惱怒。我氣他們總是不好好把話說完，氣他們這種吊胃口的方式，更氣自己什麼都不知道。

「鄭昔愷！」我大喊，「放開我，然後告訴我。如果你做不到，就不要在這裡對著我大吼大叫，我自己想辦法去找他。」

我是真的生氣了，覺得自己像在看一本殘缺的小說，沒有開頭也沒有結尾，只有莫名其妙的鋪陳，滿紙的荒唐。

聞言，阿愷學長緩緩鬆開我的手。

他垂下眼，表情複雜，「對不起。」

我沉默不語，盯著自己手腕上的紅痕。

「……妳還記得李晴善嗎？」

我愣住，抬頭看向阿愷學長。

「晴善和任粱是青梅竹馬，高中時開始交往。」

我屏住呼吸，頭皮發麻。

「高中畢業那年暑假，晴善生了一場大病。」

阿愷學長忽然閉上眼睛，一臉痛苦。他張著嘴巴，開合了幾次，才終於把下一句話擠出來。

「今天……是她的忌日。」

❀

阿愷學長告訴我，高中時，他們那一班感情很好，是那種能牽絆一輩子的緣分。

大家見證了任粱和李晴善的愛情，從青梅竹馬、彼此暗戀到坦承心意，最後在全班的祝福中開始交往。過程夢幻得像是發生在小說裡的情節。

就在所有人都以為他們能像童話故事一樣幸福時，卻傳來李晴善得病的噩耗。她的病來得很快，高中畢業後沒多久，當所有人正準備展開大學生活時，她卻來不及享受這段青春，匆匆地離開世界。

喪禮那一天，全班都到場弔唁。

他們也相約，每年李晴善的忌日這天都要聚在一起，直到今年依舊沒有人缺席。

名義上是要緬懷高中時光、緬懷已夫的故人，但心照不宣的事實則是為了任粱。

李晴善的離去對任粱是很大的打擊，所以大家想以熱鬧氣氛來化解他的悲傷，不讓他獨自面對這一切。

每年的這一天，任梁會和李家的人一起去祭拜李晴善，沒人聯絡得上他。到了晚上，他會出現在居酒屋。

阿愷學長很清楚，比起出席這種場合，任梁大概更希望可以安靜獨處。但任梁知道大家擔心他，總會強打起精神出現，像是要告訴所有人，他還能和大家談笑風生，他一點事也沒有。

我聽完這段故事，忍不住眼眶泛淚。但我不想在阿愷學長面前哭，所以拚命忍住，不讓眼淚掉下來。

我胸口很疼，哽咽地要阿愷學長帶我一起去。

他露出為難的表情，卻沒有多做解釋，只是說：「……可能不太適合。」

我不死心，再三央求他。

「妍然，我本來不該告訴妳這些的。」

阿愷學長這句話，像狠狠潑了我一盆冷水。

若非我意外得知任梁請假的消息，我怎麼可能知道這些事？

又或者，對任梁而言，這些是他不想被我知道的。

我的腦海突然浮現任梁那雙悲傷的桃花眼眸。

這瞬間，我想起了很多事。

想起了第一次相遇時，他柔情滿溢地喚著「晴善」。

想起了第一天家教課，他冷若冰霜，一副生人勿近的模樣。

想起了往後每一次，當我望入他眼底時，那深不見底的悲傷……

直到他牽起我的手，和我並肩而行，我都還能感受到潛藏在他心中的苦澀與不安，那些陰霾彷彿蠢蠢欲動，在我和任梁之間騷動放肆。

「那妳要答應我，無論發生什麼事……都不准輕易離開我。」

當他這樣對我說的時候，一字一句全都是這段痛苦時光留下的忐忑和不安。

我深吸一口氣，抬起頭，堅定地說：「我還是要去。我一定要今天見到他。」

出聲的同時，眼淚突然斷了線似地往下掉。

阿愷學長緊擰著眉，「妍然，妳……」

「他需要我……任梁需要我。」

眼前一片模糊，這已經是我唯一能說的話了。

任梁不想告訴我也好、刻意瞞著我也好，這一切都無所謂。

我只知道一件事，今天是他最傷心的日子。

而在他最傷心的時刻，我想要陪著他。我應該陪著他。

因為他需要我——至少，他是這樣說的。

只要他這麼說，我就願意相信。

或許我愛一個人的方式，就是如此簡單執著。

也許是禁不住我的哀求，最後阿愷學長妥協了，但臉上表情依舊很複雜。

他開車載我，一路上我們很少說話。我心緒紛亂，他心裡恐怕也不好受。

踏入居酒屋前，阿愷學長說：「妳別擔心，雖然妳的身分有點敏感，但他們都很好相處，待會進去以後，妳安靜待著就行。我現在還聯絡不上阿梁，等他來了，我叫他先送妳回家。」

阿愷學長晃了晃手機，傳給任梁的訊息沒有一則已讀。剛才他就對我說過，要是聯絡得上任梁，就會立刻叫他來帶我離開，不讓我去居酒屋。

感覺得出來，阿愷學長並不希望我見到他的高中同學，我不曉得原因，只能點頭答應。

當我跟在阿愷學長身後踏進居酒屋時，我看見裡頭有男有女，約莫二十幾個人，任誰見了大概都以為只是一場普通的同學會。唯一不同的是，每個人的穿著都只有黑白兩色，不自覺添了幾分嚴肅莊重。

所有人都困惑地看著我，然後將視線挪向領著我進來的阿愷學長。

阿愷學長清了清嗓，說道：「抱歉，我遲到了。然後，這是我學妹，叫做孫妍然。也是阿梁的……女朋友。」

大家一聽到「女朋友」三個字，臉色全都變了，齊齊朝我看過來。

我心裡很慌，很想立刻轉身逃跑，但是我堅持要過來這裡，我沒有逃跑的理由。

我攥緊拳頭，指甲陷入掌心，隱約能理解為什麼阿愷學長不想讓我和他們見面了。

阿愷學長拍拍我的肩膀，指向角落的空桌。

「妍然，妳先去那裡坐吧，今天我們包場了，待會上的菜妳盡量吃，多吃點。」

我感覺無所適從，只好點點頭，匆匆往角落走。

在我入座時，我隱約聽見不遠處的阿愷學長壓低聲音，對在場的人說：「她什麼都不知道，你們別嚇到她了……」

聲音很小，我聽得並不真切，但我已無暇去管他還說了些什麼。

因為任梁來了。

他第一眼就看見了我，面色霎時轉白。

當任梁朝我快步走來時，我其實很害怕。

怕他怪我擅作主張跑來這裡，怕他因為我知道了李晴善的事而生氣。

所以，當他一句話也沒說，直接拉起我的手往外走時，我沒有任何掙扎。

出了居酒屋，任梁繃著臉，依舊一句話也沒說。

我有點慌張，低垂著眼，慢吞吞地擠出一句：「……對不起。」

「為什麼要和我說對不起？」

我愣住了，因為他的聲音正在顫抖。

「是我對不起妳，妍然。」他臉色蒼白，摀住自己的眼睛，「我有想過要告訴妳，可是……對不起。」

「……任梁？」

「妳打了很多通電話給我。」他緊皺眉頭，伸手捧著我的臉，「妳哭了嗎？」

我緊抿著唇，用力搖頭。

我握住他的手腕，輕聲問：「你為什麼要瞞著我？」

聽見我這麼問，任梁頓了一下，接著緩緩鬆開了手。

他沉默著，沒有回應。

「你覺得我會介意，是嗎？」

任梁低垂著頭，沒有否認。

「我要介意什麼？」我主動牽起他的手，「我想不透。所以，你也不必擔心。」

他緩緩抬頭，「妍然……」

「我是說真的。」我眼眶再次泛淚，「我唯一介意的是，在這種難熬的日子裡，你沒讓我陪著你。」

「比起介意其他事，我更在乎你啊。」我擠出微笑，「因為我相信你愛我。」

不是「知道」，而是「相信」。

他要我相信他，所以我相信了。他說他愛我，所以我相信了。

我是不是太傻了？

任梁沒再多說什麼，只是緊緊擁住了我。

我閉上眼睛，摟住他的脖子。

「我愛妳。」湊在我的耳畔，他對我說。

這是他第二次對我說愛。

我不禁想起上次在電影院，他說「我愛妳」以後，又說：「這份愛，真如我所想得那麼純粹嗎？」

我睜開眼睛，心中僅存的暖意，好像一點一點褪了下去……

「任梁。」我喚他。

「別擔心，我永遠不會離開你。」

任梁鬆開擁抱，默默地望著我，眼神透著幾分茫然。

我朝他溫柔一笑，「我保證。」

「……妍然？」

我依然微笑著，眼淚卻撲簌簌地掉下來。

「有些事我其實很明白，你當過我的家教，肯定知道我有多聰明，不是嗎？可是我想要你親口告訴我，在你告訴我以前，我都可以裝作一無所知，可以騙過所有人，甚至是自己。」

我抹掉眼淚，哽咽地說：「可是，你肯定也知道，我真沒什麼耐心，寫國文考卷、寫作文簡直要我的命。我試過去努力，可是總懷疑自己是不是沒這方面的天賦。現在，你讓我也開始懷疑，你隱瞞那些事是因為你從來沒愛過我。」

「妍然，妳在說什麼……」

任梁用手指抹掉我的眼淚，我卻控制不住地越哭越狼狽。

「因為對象是你，所以無論你怎麼傷害我，我好像都可以接受。」我抽了抽鼻子，「但我的勇氣不是憑空出現的。」

眼前一片模糊，我看不清任梁此刻的表情。

「不怕被你傷害，是因為我相信你的每一句告白。我相信你愛我，所以你不是故意的。」

任梁沉默著，沒有回應。

我啞聲問：「可是，你打算瞞我到什麼時候呢？」

我握住他的手，輕輕靠在自己的臉頰上。

「你想……傷害我到什麼時候呢？」

淚水滾落，任梁的面孔再次變得清晰。

他也在哭，眼眶通紅，看了令我心痛。

「為什麼不說話？」我眼淚不停往下掉。

「妍然，我……」

「只要你現在對我說，我長得和李晴善很像，你不否認一開始因此而對我動心，但現在的你是愛我的，這樣就好了。」

任梁整個人都在顫抖，雙手摀著眼睛，臉上淌滿了淚水。

我走上前，踮起腳尖替他抹掉眼淚。

任梁握著我的手腕，悲傷地望著我。

「沒關係，我知道了。」我噙著淚，朝他露出笑顏。

「不，妳什麼都不知道……妍然，我對不起妳，我真的愛妳，只是……」

「我知道。」我說，「真的沒關係。」

你愛的不是全然的我，真的沒關係。

我抱住他，眼淚沾溼了他的衣領，「只要你愛我，哪怕其中三分之二愛的是李晴善，那都沒關係。」

我緊緊擁住他。

「所以，不要擔心，我永遠都不會離你而去。」

我知道我很傻，可是打從一開始我就說過了。

我會像飛蛾一樣，愚蠢又執拗地撲向火光。直到我成為鳳凰，浴火重生。

所以別怪我。

我愛一個人的方式，就是這麼簡單執著。

哭到最後，我已經用光了全身的力氣。

最後的記憶是任梁背起我，沿著街道一直走。

我不知道他是不是也在哭，但我能感覺到他身體很僵硬，彷彿耗盡很大的力氣在抑制自己的痛苦。

我昏昏沉沉，只覺得腦袋像被灌了鉛一樣重。此刻我彷彿像顆消了氣的氣球，只要任梁稍微一鬆開手，我就會飄上天際。

我趴在他的背上，聲音啞得連一句話也說不出來，只能抱著他的脖子，反覆呢喃著他的名字：「任梁……」

「嗯，我在這。」

他的鼻音很重，但我聽到他的回答就覺得安心了，閉上雙眼便失去意識。

第十章　誰的仰望終身

我感覺到有人在我耳邊輕聲說：「替妳熱敷一下眼睛，別嚇到了。」

還來不及反應，一股溫熱就覆在我的眼睛上。

我嚇得坐起身，迎上任梁關切的目光。

我緊張的四處張望，想看清這裡是哪裡。因為眼睛太腫了，看東西有點吃力。

這是一個小小的套房，擺設和裝潢都非常樸素。

「這裡是我的租屋處。」

我看向任梁，他的眼睛也腫著，聲音卻聽不出什麼異狀。

「……嗯。」我有點後知後覺地感到難堪。

我別開視線，摩娑著自己的手臂。

「餓了吧？」他一邊問，一邊撫摸我的髮絲。

我抓住他的衣袖，什麼也沒想，直接一把抱住他。

我不知道自己為什麼要這麼做，就只是突然……很想抱抱他。

任梁也回擁著我。

「既然醒了，先吃點東西吧。我買了粥，我去拿過來。」

笑。

他將電鍋裡的粥端出來，還冒著熱煙。

任梁的房間很小，連張能坐在一起吃飯的桌子也沒有。

我坐在地板上，捧著熱騰騰的粥，一邊吃一邊盯著任梁。他也靜靜地望著我，帶著溫柔卻讓人心疼的笑。

吃到一半，他突然開口：「妍然，妳真傻。」

我假裝沒聽見，繼續低頭吃粥，他則輕輕地摸著我的頭。

眼淚落在碗裡，我忍不住抱怨：「這粥太鹹了……」

聞言，任梁將那碗粥推到一旁，然後湊近我，強勢卻溫柔地吻住我的唇。

他吻得很深入，舌尖抵到了我的牙齒，我下意識張開嘴，任他的舌頭與我交纏。

上一次與任梁接吻，他的唇乾燥溫暖。而這一次，他的唇帶著淚水，我卻從中嘗到了苦澀。

我們都哭了，淚水交織在彼此的吻裡。

直到我呼吸不順，被他吻得快窒息，他才鬆開了我。

我們牽著彼此的手，靜靜地靠在床沿。

「任梁。」

「嗯？」

「你寫的那些書，都是以她為藍本，對嗎？」

任梁沉默了好一陣子，才輕輕地應了。

「每一本我都看了好多次。」我輕笑，不帶任何自嘲。「還記得我說過嗎？我覺得，寫出這些書的人，肯定很懂得如何去愛一個人。」

「事實證明，妳說錯了。」任梁淡淡地說。

我抿住唇，沒有馬上回答，只是問：「能和我說說那個女孩嗎？」

任梁安靜了半晌，似乎在猶豫。

我搖了搖我們交握的手，「說嘛，我是真的好奇。」

「她沒什麼特別的……她做事很莽撞，卻總是有著莫名其妙的自信。小時候，我很討厭她。」

任梁撓著我的指尖，聲音放得很輕。

「以前我的個性很皮，我們倆常常一言不合就吵起來，鬧到兩家父母都很熟了。只要看她對別人笑，我就會覺得不順眼，總是想方設法惹她生氣。國小時，有一次我跟她打架，結果把她的裙子扯破，導師氣得把我爸媽叫來學校。」

這是我從來沒看過的任梁。會鬧事、會拌嘴、會捉弄喜歡的女生……

「我們一直同校又同班，當時的我覺得這就是段孽緣。國三畢業旅行那次，我們倆又在拌嘴，不知不覺脫隊了。我不想承認是自己的錯，就在公眾場合對她大罵，大家總說男生幼稚長不大，這話是真的。她聽了很難過，哭得很傷心，從小到大我們就經常吵架，平時她根本不會放在心上。自從那次之後我才知道，她也到了愛面子、會在乎別人眼光的年紀了。」

「她因為這件事氣了我很久，冷戰了一個禮拜後，我媽逼我去向她道歉。我約她去吃她喜歡的草莓刨冰，還說要請客，她不敵美食誘惑答應了。一路上她卻還是在生氣，不肯原諒我。」

我聽了，忍不住笑了起來。

「後來，一隻貓突然跑出來，她不僅沒嚇到，還笑著拉住我的手跑去追牠。我那時候就想，如果她能永遠對我這樣笑，那我願意一直對她好，請她吃一輩子的草莓刨冰也沒關係。」

任梁緊抓著我的手，而我輕輕拍著他的手背，給予安撫。

「從那時候開始，我們變得常常跟對方分享心事，雖然偶爾還是會拌嘴，但都只是無傷大雅的玩笑話。升上高中後，我們一起考進資優班。大家一聽說我和她是青梅竹馬，全都八卦著我們的關係。再後來，高中辦了文學獎，她鼓勵我參加，因為不知道要寫什麼，便寫了我和她從小到大的生活趣事，結果竟然得到首獎，現在想起來還是覺得不可思議。我以此為契機，把故事越寫越長，交往後，她偷偷把我的作品投稿到出版社，就這樣子出版了。」

我笑著問：「那你們是什麼時候開始交往的？」

「高三。」任梁說。

「在我寫完第一本小說，不小心被她看到手稿的時候。那時候我偷偷喜歡她，可是不敢說出來，就寫在小說裡面。沒想到被她看到了，直接把那堆紙灑在我頭上，對我破口大罵。」

我有點疑惑，「她為什麼罵你？」

「她覺得我很窩囊，喜歡她為什麼不敢講，只能用這種方式表達。」

「她是這麼直接的人啊……」我驚訝地說。

他喟嘆一聲，「現在妳明白了吧？她就是個莫名其妙的女孩。」

任梁望向我，露出苦笑，「最後，也走得莫名其妙……」

我沉默了下來，不知道該說些什麼才好。

他們之間的故事，彷彿戛然而止，沒有句點，卻再也不可能續寫。

「我很對不起她。」任梁沉聲道。

我愣愣地望著他。

「我總覺得自己好像騙了妳，因為我根本不像妳說得那麼好……是我讓她帶著遺憾離開這個世界。」

「什麼意思？」

「她在學測前就住院了，當時她的狀況很不好，精神也一天天衰弱。我每天都陪著她，一直相信她會好起來，永遠不會離開我。可是她變得很悲觀，我開始感到力不從心，無論用什麼方式鼓舞她，她總是很消極。我常常和她說著未來想做的事，想要讓她對未來萌生希望，但我卻忽略了一件事——對她來說，早已沒有未來。」

「每天出入醫院，面對她的病情，一開始我的確難受，久了卻感到麻木，甚至開始不耐煩。有一天，我和她大吵一架，我說了很難聽的話，所有壓力就像在那瞬間爆發。」

我握住任梁的手，想試圖傳遞一絲溫暖。

他的指尖很涼，就像我和他交往前，從內散發的刺骨寒意。

「我對她說，她成天悲觀度日，就像真的在等死一樣……」

我微瞠雙眸，手卻忍不住握得更緊。

任梁的聲音聽起來非常痛苦，我想阻止他繼續說，理智卻告訴我該讓他一口氣說完。

這段故事，他大概已經藏在心底很久了。

「接著，我提了分手。」

我愣住，手上力道忽然鬆了幾分。

任梁似乎察覺了，並沒有主動握緊我的手，只是低下頭，長吁一口氣。

「提出分手只是覺得，自己好像已經沒辦法再給她什麼了。沒想到，就在我提分手的當晚，她被送進加護病房，清晨就……」他聲音一哽。

「所有人都認為，我是因為她離開才這麼一蹶不振，一直鼓勵我走出來。實際上，比起她的離去，我更無法釋懷的是，她走的時候心裡有多難受？是不是無法諒解我？當時我為什麼沒有處理好自己的情緒，讓她懷著遺憾離開……」

我牽起他的手，輕輕在他手背落下一吻。

我相信不只是任梁，任何人都有可能變成那樣。

爸爸住院的那段日子，我總是小心翼翼地斟酌每句話、每個表情，深怕刺激到他。我們每天都在煩惱，未來不再充滿希望。

這樣緊繃的生活，漸漸削弱了所有人的精神。

日夜守著醫院，老媽就像浸泡在消毒水裡，逐漸膨脹變形，眼裡憔悴無光，卻還要在爸爸面前強顏歡笑。

曾有那麼幾次，我聽見她和爸爸大吵。為了蘋果皮沒削乾淨、為了要不要拉簾子……

明明只是雞毛蒜皮的小事，他們卻吵得不可開交。

「我想，她一定了解你的苦衷，不會怪你的。」我輕聲說。

「妍然。」任梁再度悲傷地望著我。

「嗯？」我朝他微笑。

「我知道，我不該和妳在一起的。」他說，「當我察覺妳對我的感情，其實很慌張。我也喜歡妳，但不知道自己準備好開始一段新戀情了嗎？我甚至搞不清楚，自己喜歡上的是妳，還是……」

我垂下眼，依然笑著，「沒關係，你繼續說。」

「後來，妳開始追我，雖然我看了很心疼，但也只能努力拒絕妳……」他頓了頓，「直到我看到妳替阿愷送便當，才意識到自己是在嫉妒。那段時間我很不好受，心裡很矛盾。」

我將任梁的手掌攤開，輕輕摩娑他的掌紋。

小時候，老媽最愛看我的掌心。

她總說我的姻緣線很長，長大以後肯定會有很幸福的婚姻。

她偶爾也會問我，她明明婚姻過得很幸福，為什麼姻緣線卻那麼短？

直到爸爸罹患血癌，她再也沒提過掌紋的事。

我看著任梁的掌心，他的姻緣線在中間岔出兩條，最後卻又復歸於一。

任梁繼續說著，我靜靜地聽：「那次，妳因為阿姨的事哭得很傷心，讓我想起了晴善，想起她躺在病榻上的痛苦記憶。當下我就想，我是愛妳的，我要像妳說的，把握和妳在一起的每分每秒，只要妳願意相信我、不輕易離開我。和妳在一起以後我真的很幸福，但也很害怕。我知道向妳隱瞞晴善的事很不好，可是我卻沒有勇氣告訴妳。我害怕妳知道事實真相會離開我，也害怕當妳知道自己和晴善長得很像的時候，會對我失望……」

我抱住任梁，靠在他的胸膛。

「妍然，我是個自私的人。」他口吻落寞，「我對妳的愛一點都不純粹，我是因為晴善才願意當妳的家教，甚至在與妳剛認識時，也常常想起晴善。我太差勁了，沒資格擁有妳的愛，當初我就不該和妳在一起。」

「沒關係，我都知道。」我靠在任梁的懷裡，輕輕閉上眼睛，「我很早就知道了。」

早在他自然地將草莓放進我盤子裡的時候，早在他以那樣複雜而悲傷的眼神望著我的時候……

其實，我什麼都知道。

「我知道你會感到愧疚，也知道你會矛盾和煎熬，可是我還是義無反顧地選擇跟在你身後，死纏爛打地糾纏你。我也是個很自私的人啊。」我自嘲地笑了。

任梁沉默著，沒有接話。

「兩個自私的人湊在一起剛剛好。」我望著他，輕輕吻著他的下巴。

任梁的表情稍稍鬆動了，靠在我的頭頂，嘆了一口氣。

「妍然，我不值得。」

他的語氣彷彿在說：妳怎麼還是這麼傻？

任梁，你才是真的傻吧。

愛，就是不問值得不值得。這句經典名言，怎麼會是由我來告訴你呢？

沒等我開口，就聽見任梁柔聲說：「我知道妳肯定又會說沒關係。可是，我有關係。」

我僵住，愣愣地望著他。

任梁握緊我的手，語氣苦澀：「我想，我需要一點時間，讓我有足夠的信心告訴妳，我現在只喜歡妳，就只是妳，就只因為是妳。妳能明白嗎？」

「……明白。」我點頭。

「妳知道這是代表什麼意思嗎？」

「……不知道。」我搖頭。

「我會回來，我一定會回來。」他說，「但我們……暫時分開一段時間，好嗎？」

啊，果然是任梁。

他依舊是那個在我發燒走不動時，冷漠地說「別指望我會背妳，自己走」的任梁；依舊是那個在我死纏爛打追求他時，殘忍地說「我可不是讓妳這麼卑微」的任梁……

我愛上的，始終是這樣自私而淡漠的他。

但是只有我曉得，潛藏在自私與冷淡背後，是多麼令人心醉的繾綣柔情。

原來這就是他愛一個人的方式，如此曲折迂迴。

❀

昨天我打電話給羅珍，說我早上才會回去，她在電話裡就聽出我聲音不對勁，不停追問。

今天一看到我這副狼狽樣，她果然立刻就懵了。

「早安。」我尷尬地向她揮揮手。

「妳昨晚被人揍了？」羅珍難以置信地指著我的眼睛。

我搖搖頭，「沒有。」

「讓我猜，是因為任梁？」她拉著我的手，坐到床上，瞇起眼睛看我。

我露出苦笑，「還真的什麼都逃不過妳的法眼。」

「他又怎麼了？妳不是放棄他了，怎麼還……」她小心翼翼地碰了碰我的眼窩，立刻又縮回手，「妳這會不會腫個三天啊？太扯了，第一次看到有人哭成這樣。」

「羅珍。」我喊了她一聲。

「幹麼？」

我一把擁住羅珍，「別再問了，我不想再哭得更腫了。」

她愣住幾秒，然後笨拙地拍著我的背。

「沒事了，沒事了。」

我在她懷裡閉上眼睛，終究還是忍不住，長嘆了一口氣。

「……妍然？」

「我再也不看虐心的愛情故事了。」我說，「那都是假的。」

「什麼鬼？」

「假的才能雲淡風輕，真的卻是痛不欲生，只想藏在心底，療傷一輩子。」

羅珍雖然還是不明白我發生什麼事，但立刻跳下床，跑去冰箱拿了兩罐啤酒。

「來！沒事了，至少妳還有個好閨密，可以陪妳一起喝酒。」她將啤酒遞給我。

這次我沒拒絕，只是破涕為笑，接過了她的安慰。

當我們正要打開啤酒罐時，我包包裡的手機突然響起來。

我拿出手機，看見螢幕上顯示「阿愷學長」，正要接起，手機就因為電量不足自動關機了。

當我將手機充電，重新開機的時候，阿愷學長再次打電話來。

我立刻接起，「喂？」

「小學妹！妳想嚇死我啊？為什麼不接我電話，手機還關機？」他的聲音聽起來很著急，「妳沒事吧？」

「我沒事，我在自己的租屋處。」

阿愷學長似乎鬆了一口氣。

「妳……」他一頓，又問：「能見一面嗎？我想跟妳談談。」

「如果是為了任梁的事，那就不用見了。」我苦笑。

電話那頭明顯一愣。

「抱歉，我知道關於晴善學姊的事，你一直瞞得很辛苦。」

「妳都知道了？」阿愷學長慌張地問。

「嗯。」我應了一聲，「在昨天之前，我其實已經知道她是誰，也猜到了我和她長得很像……」只是我從沒認真想過這個可能。

「我沒事，你也別責怪任梁。」我微笑道，「我和他談過了。謝謝學長這段時間一直為我擔心，我都知道。」

「妍然，妳……」

「妳一定很傷心吧。」

阿愷學長也很傻，這種話說出來，並不會讓人比較開心啊。

「妍然，之前我說要追妳，不是開玩笑。」阿愷學長語氣掙扎，「雖然阿梁是我的朋友，但我沒想到他會這麼混帳。妳不該受這些傷，妳是個這麼好的女孩。」

「阿愷學長，對不起。」我說，「對我來說，任梁也是個很好很好的人。」

電話那頭傳來學長爽朗的笑聲，一如初見。

「那當我沒說過，我們以後還是朋友？」
「嗯，還是朋友。」
「不過，妳還欠我一頓火鍋。」
我噗哧一笑，「好，我記得。明天請你。」
「妳準備被我吃垮吧！」
「悉聽尊便。」我笑著回應。

經過這幾天的風風雨雨，我向學校請假，回到了家。
晚上老媽下班回來時，一看見我坐在客廳，嚇得差點尖叫。
我抱著阿良，在沙發上盤著腿，悠哉地看向她。
「妳為什麼在這裡？妳不用上課嗎？」
老媽脫掉鞋子，走過來拍我的大腿，阿良嚇得立刻跳走。
「妳蹺課的理由最好能說服我。」她生氣地說。
我眨著眼睛，盡力裝出無辜的樣子，「失戀算嗎？」
老媽原本一副橫眉豎目的樣子，一聽見這句話，整張臉立刻皺起來。
「妳說真的？」
「嗯。」我垂著眼。

「怎麼回事？」老媽沒有多餘的安慰，反而令我感到窩心。

我拉著老媽的手，娓娓道來。包括晴善學姊的事，以及決定和任梁分開。

聽完後，她只對我說了一句：「辛苦了。」

這句話，似乎又崩解了我這幾天努力克制的淚意。

我靜靜靠在老媽懷裡，任由眼淚慢慢地流下來。

「這只是暫時的，對嗎？」老媽問。

「嗯。只是……未來的事誰知道呢？」我淡淡地說。

晚餐時間，老媽提議叫外賣。

我只應了一聲，在房間繼續和阿良玩。

牠最近吃胖了很多，肚子圓滾滾的，只要一撓牠就會露出饜足的表情。

我忍不住對牠說：「當隻貓真好。」

結果阿良又露出那副鄙視的眼神，輕輕跳開了。

正當我驚奇阿良竟還能跳出如此輕盈的步伐時，老媽探頭進來，「外賣來了。」

聞言我站起身，準備走出房間，老媽卻橫在面前沒讓我過去。

我皺起眉，「妳幹麼？」

老媽一臉欲言又止。

「其實……之前妳和任梁交往的事，我告訴了任梁的媽媽。」

我瞪大眼睛，「不是說要保密的嗎？妳這叛徒！」

老媽臉色更難看了。

「既然都這樣了，我也不怕跟妳實話實說。」

「說吧！」我閉上雙眼，準備迎接更大的打擊。

「任梁的媽媽現在在外面。她知道你們分手的事，想來看看妳。」

很好，孫妍然完敗。

當我走進客廳時，任阿姨抬頭對我微笑。

我也勉強擠出笑容，「阿姨好。」

吃晚餐時，我們三人都沒提起任梁的事，反倒是老媽和任阿姨聊得很盡興。

結束這頓飯後，我把空碗盤拿到流理臺，準備開始洗碗，卻被跑進來的老媽阻止了。

「妳先出去陪阿姨聊天，碗我來洗就好。」

平時怎麼就不見老媽這麼勤勞呢？我忍不住白了她一眼。

我離開廚房，和任阿姨兩人坐在客廳。

任阿姨笑吟吟地說：「知道會見到妳，我特地拿了東西要給妳看。」她從紙袋裡拿出一本厚厚的相本。

我驚訝地接過相本，「這是？」

「是任梁從小到大的照片。」

任阿姨伸手替我翻開，目光一觸及上頭的照片，她的表情變得柔和。

「妳看，他小時候這麼調皮。」

任梁小時候就長得很好看，白白嫩嫩、五官端正，笑起來的時候眼睛彎彎的。

那雙桃花眼特別明亮，像是承載著所有光芒，純淨單純，沒有一絲悲傷，更沒有我與他相識後的苦澀。

我忍不住就露出微笑。

隨著頁數增加，任梁的年紀越來越長。每翻一頁，我像是又翻過了他的一段歲月。

被媽媽抱著的小男嬰、抓周時手裡抓住鋼筆的小男娃、一副小大人樣擺出帥氣姿勢的幼稚園小男孩，穿著國小制服、國中制服、高中制服的任梁……

「高中以後，就沒有新的照片了。」任阿姨的聲音傳來。

我抬頭，緩緩望向她。

「任梁變了很多，變得連我都感到陌生。」任阿姨眼角閃著淚光，「以前他很愛笑，後來小善離開了，即使他在我們面前裝作若無其事的樣子，但這些改變我們都看在眼裡。」

我沉默地聽著，忍不住伸手摩娑照片裡的任梁。

「直到後來他遇見妳，我才又覺得他回來了。」

我愣住。

「他開始擔任妳的家教時，整個人都精神多了。一開始我以為他真的只是需要找點事做，所以催著他辦復學手續，希望他重回校園生活後能多些笑容。後來，我見到了妳，才意識到他會恢復精神，或許是因為妳。」

我露出苦笑，「因為我和晴善學姊……」

任阿姨搖搖頭，握住了我的手。

「我不是任梁，只有他最清楚自己的心。」她溫柔地對我笑，「但對我來說，倘若妳只是有一張和小善相似的面孔，卻沒有一顆善良的心，我相信任梁絕不會因妳而嶄露笑容。」

任阿姨拉著我的手，翻到相本的最後一頁。

任梁穿著國小制服，哭得滿臉都是鼻涕和眼淚，衣服又髒又皺，像跟人打了一架。而站在他旁邊的，是一個清秀的女孩，她也同樣渾身狼狽，裙子甚至被扯破了一個大洞。

我看著，忍不住就笑了出來。

「任梁跟妳說過這段故事？」任阿姨笑著問。

我點點頭。

「這張照片是校慶的時候，一個攝影大哥拍下來的。」任阿姨拿出那張相片，靜靜端詳，「那時，其實是小善先扯掉任梁的褲子，他為了反擊才失手扯破她的裙子。」

阿姨話聲一頓，脣角微笑漸深。

「任梁那孩子沒有說出這件事，只說是自己對小善惡作劇。老師處罰他每天都要抄課文，當時他爸爸還年輕，心高氣傲，不容許孩子在外面這樣丟人，所以把他打得很慘，連我也氣得不輕。直到隔天晚上，小善從隔壁李家跑過來，對著我嚎啕大哭，說其實是她的錯，希望我們不要處罰任梁。」

我望著任阿姨，有些茫然。

「感情沒有先來後到，只要還彼此喜歡、還為彼此著想，就能一起度過那段艱辛的時光。因為彼此都有勇氣，去為對方擔下一切的過錯。這無關對錯，只是因為愛。」

任阿姨將照片收進了相本裡。

「妍然。」她看著我，眼神溫和，「謝謝妳願意喜歡任梁這孩子。我也替他向妳道歉。對不起，讓妳這麼傷心難過。」

「任阿姨……」

「這句道歉我已經替他說了，從此以後，希望你們的感情裡，不再有『對不起』三個字。」任阿姨笑瞇瞇地說。

「……我知道了。」

我看著任阿姨，也露出微笑。

在我與任梁分開的幾個月後，阿愷學長告訴我，任梁即將離開臺灣。任梁申請了交換學生，雖然曾休學一年，但他憑藉著優異的學業表現，還有兩隻手數不完的證書，順利獲得出國交換一年的機會。

任梁出國的那一天，他的父母偷偷帶著我一起去送機。

這幾個月裡，我不曾在學校巧遇他，也不曾與他聯繫。我和任梁之間的關聯，彷彿被刻意切斷得乾乾淨淨。

我唯一想過要聯絡他的時候，是老媽手術那一天。

她的腫瘤是良性的，只要切除就沒什麼大礙，但腫瘤的位置接近脖頸，手術有一定的風險。幸好，在我鼓起勇氣打電話給任梁之前，手術就已順利結束，老媽過沒幾天就又是一尾活龍。甚至因為難得休假，老媽在醫院裡熬夜追劇，一口氣看完一部長篇韓劇，氣得我差點沒收她的平板電腦。

當任梁在機場看見我的時候，果然訝異得說不出話來。

看到他驚訝的樣子，我笑著喊了一句：「Surprise.」

他既無奈又寵溺地笑了，就像交往時他面對我每一次撒嬌的模樣。

然後他說：「去去就回。」語氣從容而篤定。

一如分手時，他對我說：「我會回來的。」

登機前，任梁給了我一個擁抱。

我靠在他耳畔，輕聲對他說：「我等你回來。」

任梁出國後，我和他沒有任何聯繫。

羅珍一直無法理解我和任梁現在的關係，偶爾一起喝酒的時候會問我：「所以你們到底算不算分手啊？」

我每次都笑著蒙混過去，但這一次，我啜了一口啤酒，笑著說：「分了啊，但也沒分。」

已經微醺的羅珍直接爆了我一句粗口。

我哈哈大笑，「真的啊。」

「不懂你們幹麼這樣。」羅珍支著下巴，困惑地望著我，「到底在等什麼？」

我但笑不語，反問：「妳和妳家那位呢？在等什麼？」

一聽到我提起她的愛情故事，羅珍立刻變臉，拿起酒罐就要走，走之前還不忘放話：「妳已經失去我了，孫妍然。我們分手吧。」

「再見不送。」我笑著把空罐子往她那裡丟，她氣得差點跟我打架。

隔天早上，我們被門鈴聲吵得不得安寧。

羅珍拿了顆枕頭往我這裡丟，聲音含糊：「孫妍然，快去開門……」

我被這麼一嚇，都清醒過來了。

我睡眼惺忪，步履蹣跚地走去開門。結果是快遞送來了海外包裹。

我簽收後回到房間，對著羅珍生氣地說：「結果又是妳買的東西？還用我的名字，找死！」

羅珍從棉被底下露出一雙眼睛，疑惑地看著我。

「我什麼時候又買東西了？妳沒看到我已經窮到連吃十天泡麵了嗎？我哪來的錢？而且我買東西幹麼用妳的名字，妳又不會幫我付錢！」

我一臉茫然。

「不是妳訂的？可是我也沒訂啊！」

忽然，我心裡有了答案，這瞬間心臟像是急遽膨脹，緊得我喘不過氣。

我跌跌撞撞跑出房間，在抽屜裡翻出美工刀，拆開了包裹。

裡頭塞了一層層的氣泡紙，我幾乎是用扔的，一把抓起氣泡紙就往旁邊丟。

當我看見裡面的東西，立刻紅了眼眶。

那是一本書，正確來說，是厚厚一疊裝訂好的紙。我小心翼翼地捧起那疊紙。

第一頁，印著斗大的幾個字——

書名：未命名。

作者：任梁。

我顫抖地翻開，裡頭密密麻麻的字，儼然是一本小說。
我快速地翻閱，翻到中間時，一封信掉了出來。
我淚眼矇矓，拆開那封信。偌大的信紙，只有寥寥數語。

——妍然，我回來了，帶著我與妳的故事。

眼淚掉了下來，我將那封信貼近胸口，想藉此感受它的溫度。
忽然，有個熟悉的聲音說：「我還沒把它投出去，也還沒取書名。妳要不要替我想想？」
我愣住，淚水再度湧上眼眶。
我心臟怦怦地跳，但我不敢抬頭。
我看見羅珍緩步走出房間，她換上一身外出服，臉上甚至還化了淡妝，此時正好整以暇地對我挑眉。
「快轉頭啊！不要害羞。我要出門約會了，不打擾你們的感人大重逢。」
說完，羅珍拎著包包離開，步伐特別瀟灑。
我還不敢轉頭，咬著唇，連呼吸都小心翼翼。
直到熟悉的氣息靠近，我眼眶微熱，深吸一口氣，緩緩抬頭，映入眼簾的是那雙熟悉的桃花眼眸……
任梁就站在門口，靜靜地望著我。

我終於忍不住，嚎啕大哭起來。

他走過來，一把抱住我。

「……我回來了。」

我緊緊擁住他，「……真的是你嗎？」

任梁回來了。

就像我們從沒分手，只是暫時分開一段時間。

本來就是如此，不是嗎？

任梁沒有回應，只是輕輕吻了我的額頭，然後說：「我愛妳。」

不需要追問你的愛是否純粹，不需要追究你的愛源自何方——

因為那都無所謂。

你曾說過，你深信每個故事都能成為誰的良人。

而我在愛上你以後才明白，無論我與你之間的故事有多美好，你終究不會是我的良人。

但，我為什麼非要你成為我的良人呢？

只要我們之間的故事，能夠持續地延續下去。

只要我們的眼裡，不再擁有傷悲，只餘下彼此的倒影。

我們的故事，不會結束。

來日方長，未完待續。

全文完

番外一　再見阿良

雖然當初我和任梁交往，不到十分鐘就被老媽發現，老媽也曾說過要邀請他來家裡吃飯，但沒想到經過將近兩年，任梁才終於又再次踏入我家大門。

這天，老媽有事要出門，因為任梁要來家裡作客，她特別叮囑我要打掃家裡，想當然我立刻就答應了。

換作是平常我根本不願意，但只要是關於任梁的事，我態度就很積極。

我真是沒用。

門鈴響起，我整理好服裝儀容，匆匆跑去開門。

一打開門，任梁望著我，嘴角帶著笑意。

不知怎麼地，我忽然有點不好意思。

我拉住他的手，帶著他走進家裡，忍不住轉頭說：「對不起，找你來看我做家事。」

任梁沒說什麼，只是笑著搖頭。

「你坐沙發吧，可以看看電視……就當自己家。」

我倒了一杯柳橙汁給任梁後，便以收衣服的名義離開客廳。

一離開客廳，我忍不住鬆了一口氣。

雖然我對任梁的心意從沒改變，但我和他之間橫著太多東西。

任梁要去當交換生的幾個月前，我們就已斷了聯繫。

後來他離開臺灣整整一年，我們也幾乎毫無交集。

直到一個月前任梁回到臺灣，我們才又重新開始交往。說不尷尬其實是騙人的，畢竟分開了一段時間，態度不免變得有些拘謹。

見不到他時，時時刻刻都在思念著他，可是當真的見到他時，卻又感到疏離陌生。

我不知道該怎麼重拾那段默契無間的時光，現在和他在一起，有時候總覺得力不從心。

我嘆了一口氣，重新沉澱思緒，把陽臺上的衣服收進籃子裡後，拖著籃子回到客廳。

這時，我聽見自己的房門傳來刮門的聲音，窸窸窣窣的，我嚇了一跳，趕緊跑去開門。

果然一開門，一團肉球立刻撲到我身上，發出抗議的貓叫聲。

「阿良，對不起！我不小心就把門關起來了……」我把牠抱在懷裡，心疼地說。

「妍然，妳找我？」熟悉的聲音傳來，我轉過頭，發現任梁正朝我走來。

「我沒有……啊！我是在叫牠。」我恍然大悟，轉身讓任梁看我懷裡的阿良。

任梁一看見牠，有點訝異的樣子。

「這隻貓是……」

「你還記得？」我驚喜地問。

「嗯，是之前妳家附近的那隻流浪貓。」

任梁竟然還能認出來，實在是不可思議，阿良來我家後至少胖了兩三公斤，已經被醫生警告該減肥了。

阿良突然直直盯著任梁，難道這隻肥貓也懂得護主？看到不熟悉的人會想保護自己的主子？

事實證明我錯得離譜。

阿良忽然開始扭動，接著突然後腳一蹬，騰空躍起。

我瞪大眼睛，眼睜睜看著一團肉球以拋物線方式往任梁飛去，而任梁茫然地張開雙臂，阿良就這麼躍入他懷中。

任梁抱住貓，動作定在原地，似乎有點嚇到了。

我沉痛地捏住眉心，「沒事，牠常這樣。」

阿良蜷縮在任梁的懷裡，開始蹭他的胸口，還不時發出討好的喵喵聲，儼然是在撒嬌。

「牠好像……很喜歡你。」

我回想起那天在小巷子裡，阿良也是這樣向他撒嬌的。

任梁搔搔牠的頭頂，又捏捏牠的腳掌，阿良幸福得瞇起眼睛。

「那就麻煩你抱著牠吧，我該摺衣服了。」我難為情地說。

任梁應了一聲，一手抱著貓，另一手替我扛起洗衣籃，和我一起走到客廳。

我在客廳席地而坐，任梁則坐在沙發上。

我一邊摺衣服，一邊看著一人一貓的溫馨場景。

任梁非常專注地在逗弄阿良，簡直像是在哄孩子，甚至露出非常寵溺的笑容。

我竟然有點吃醋了！

「對了，妳說牠叫什麼？」任梁抬起眼，笑著問我。

「阿良。」我回答。

忽然，任梁的笑容摻了一絲興味，他抱起貓走近我，坐到我的旁邊，又問一次：「叫什麼？」

他的語氣微微上揚，像阿良的爪子一樣撓著我的心口。

我眨了眨眼睛，重複道：「……阿良。」

才剛說完，我立刻察覺不對，臉頰登時像是要燒起來了一樣。

我驚慌地低下頭，把衣服攤平再攤平，假裝什麼事都沒發生。

任梁湊得更近了，他將阿良的貓掌貼在我的手背上，溫柔而壞心地問：「叫什麼？」

我不敢看他，心臟跳得很快很快，時光彷彿回到了我們之間的起點，那種純粹自然的心動……

「你沒當我的家教以後，我收留了牠。」我低垂著頭，緊張地開口：「那時我很想你，所以就叫牠阿良……」

任梁不知道什麼時候握住了我的手，我的手心開始冒汗。

「妍然。」他抱著貓，低頭倚在我的肩膀上。

這一刻我莫名想哭，眼眶開始發熱。

「我也很想妳。」他說。

一聽見這句話，我眼淚立刻就掉了下來。

任梁的氣息灑在我的耳畔，熱熱癢癢的，我忍不住縮了縮脖子，他卻直接吻在我的耳垂上。

「我很想妳。」任梁覆在我耳邊說，「在我見不到妳的每分每秒。」

在初次離別的時候，在相遇了卻要與妳保持距離的時候，在忍不住靠近卻又不得不與妳分開的時候……

每分每秒。

彼此的心跳脈動相融，我彷彿聽見他內心深處的呢喃。

「更正。是在認識妳以後的每一分，每一秒。」

我抬頭看他，淚眼婆娑。

任梁用手背替我抹掉眼淚，寵溺而無奈地說：「現在才發現妳這麼愛哭。」

說完，他緩緩低下頭，溫柔地吻著我的唇瓣。這個吻雖然生澀，卻帶著將半生獻給我一般的溫柔決絕……

阿良窩在任梁懷裡，饜足地喵了一聲。

原來我們那段空白的光陰，並不如想像中淡漠生疏。

因為你一直想著我，而我也一直想著你。

——我們的心，從沒有離開過彼此。

番外二　足夠精彩

今天是週五，公司主管又恰好出差，才剛過五點，辦公室就有不少人拎起包包準備打卡下班。

我和身旁的學姊卻還維持著相同姿勢——右手拿著滑鼠，雙眼緊盯螢幕上密密麻麻的數字。

我忍不住瞥向螢幕右下角的時間，發出一聲喟嘆。

學姊聽到我的嘆息聲，無奈地笑道：「妍然，辛苦啦。還沒習慣嗎？」

「沒事，月底總是會這樣，我明白。」

在我三個月前進入這間公司，當個小小會計以後就明白了。每到月底結帳的日子，正是會計與帳目搏鬥的時候。

不只要在公司加班，甚至還得把工作帶回家，我感覺眼睛都快要瞎了……

想到這裡，我又忍不住嘆口氣，轉頭問：「學姊，妳今天要帶回家做嗎？」

她思索了一下，反問：「妳呢？」

「我決定帶回家做，週五晚上在這裡加班真的太辛酸了。」我忍不住捏住眉心。

「我的話……還是留下來好了。」學姊往後仰躺椅背，「回家之後要忙小孩的事，根本沒空工作。」

我點點頭，收拾好東西便打卡下班。

學姊跟在我身後一起進了電梯，手裡拿著錢包和手機去買晚餐。

「妍然，妳現在和家人住？還是自己租房子？」

「我跟男朋友住在一起。」提起任梁，我心中不由得一沉。

學姊驚訝地看著我。

「對耶，我都差點忘了妳有男朋友，都沒怎麼聽妳提起他。你們同年嗎？怎麼認識的？」

「嗯……他是我大學學長，就那樣認識了。」我含糊帶過。

「喔，這樣豈不是交往滿久了？」

「快六年了吧。」說完，我莫名有點心虛。

「哇，太羨慕你們了！完全是一段純純的戀愛！我跟我老公是親友介紹的，總覺得少了一點浪漫。」

我露出笑容，心裡卻高興不起來。

到了一樓，我們走出電梯，但學姊的話匣子明顯還沒關上。

「都交往這麼久了，我是不是很快就會收到紅色炸彈啦？」

聽到這句話，我不由得一愣，尷尬地說：「應該不——」還沒說完，我聽見自己的手機響了。

「抱歉，學姊，我接個電話。」

看見來電顯示時，我既驚訝又緊張。

「喂？」我出聲。

「在公司？」清冷的聲音傳來。

我看了學姊一眼，摀著手機對她說：「學姊，妳先走吧，別加班到太晚，辛苦了。」

學姊笑著和我道別後，我才又將手機靠回耳畔。

「……我正要走。」

「我等妳。」話音方落就掛斷電話。

我愣在原地，過了一會才反應過來，立刻衝到大樓門外，一眼就看見熟悉的車身。

我握緊了手機，走向那臺車，打開車門坐進去。

任梁沒有看我，只說了一句：「安全帶。」

我突然覺得很委屈，撇著嘴，忿忿地把安全帶繫上。繫好後，他發動車子引擎，沒再和我說話。

路口處亮起紅燈，他停下車。

我抓緊了安全帶，刻意盯著窗外，不發一語。

「答案妳想好了嗎？」任梁忽然打破寂靜。

我沒好氣地說：「我當然有答案，但那根本不是你想聽的，不是嗎？又有什麼好問的？」

「妳在生我的氣嗎？」

「你不也是嗎？」

「我沒有。」任梁的聲音格外冷靜，這樣的平靜卻令我更惱火，「我只是在等妳想通。」

「最好是。」我強忍翻白眼的衝動。

「妍然，要不是我在等妳自己想通、要哄妳消氣，根本用不到一個小時。」

我轉頭瞪了他一眼，「你可以再自戀一點。」

他這麼解釋，根本是讓人更生氣！

任梁沒理會我的憤怒，「吃麵行嗎？今天換我煮給妳吃。」

「你這是準備開始哄我了？」我雙手抱胸，氣勢凌人。

「沒有。」他瞥了我一眼，「只是，妳吃飽了才有力氣繼續想。」

我真的要爆炸了！

「夠了！我就說我不會改變答案，你偏要我答應是不是？你不要這麼大男人主義行不行？」

這句話似乎惹到任梁了。交往六年、相識將近七年的時光，我一眼就能看出他的臉色變化。他繃著臉，深深蹙起眉頭。

我心中一跳，趕緊撇頭假裝沒看見。此刻的我竟然有點心虛。

一路上，任梁都沒再說話。

回到家後，他逕自走進廚房煮麵，我們還是沒有交談。

我坐在沙發上，越想越緊張。

最後，我深吸一口氣，終於還是投降了。但我只是先服軟而已，我還是堅持自己的答案。

我躡手躡腳跑到廚房裡，倚在任梁身邊小聲地說：「……老公。」

他握著湯杓的動作一頓。

「不和我辦婚禮，叫什麼老公？」

他就是在生氣啊！幹麼不承認。

「剛才在車上罵你大男人主義……對不起。」我抓住他的衣角。

「我不在意這個。」他說，「妳知道我在意的是什麼。」

我垂下眼，「我們已經登記結婚了，為什麼還要辦婚禮……」

任梁看了我一眼，我嚇得立刻噤聲。

「先吃麵。」他說。

於是我們在繚繞的熱煙和香氣四溢的食物中，又展開了一場沉默對決。

藉著煙霧的掩護，我得以偷偷觀察對面的任梁。他動作一如平時那般優雅，無論是氣質還是容貌，都與我們初識時相去不遠。

唯一改變的，是自從我們重新在一起後，他柔和許多的表情，還多了一些我從前沒見過的生動變化。

「妍然。」他突然出聲。

我嚇了一跳，「……幹麼？」

「妳不想辦婚禮，到底是為什麼？」任梁直接切入重點。

我愣了一陣子，忍不住皺起眉頭，擱下筷子。

「……因為沒必要。」

「我知道不是。」任梁的聲音又再次溫柔起來，我因此而軟化了下來。

我拾起筷子，目光盯著面前的碗，聲音很低很低：「今天……同事問起我和你怎麼開始交往的。」

我夾起一條麵，心裡變得既平靜又悲傷，「我說，我們是學長學妹，就自然地認識了。」

任梁沒有答話。

我默默吃著麵，慢慢地咀嚼著，嚥下後才又開口：「她說，好羨慕我們，因為是一場純粹的戀愛。」

任梁攪動碗裡的湯，靜靜地聽我傾訴。

「可是事實根本不是這樣……」我雙眼泛酸，「我在你身邊的人眼裡，是什麼樣的存在，大家都心照不宣，不是嗎？」

任梁停下動作，直直看過來，冷聲說：「妳說什麼？」

我眼前浮上氤氳，「大家來參加我們的婚禮會怎麼想？我為什麼要任由自己的感情被大家議論？」

「這是我們的婚禮，妳到底在擔心什麼？」任梁的聲音非常冷，冷得我心底開始顫抖。

我含著淚，抬頭望著他，「你根本不明白，對不對？」

任梁沒有回應。

「自從知道我的存在以後，你們每年的那場同學會改期了，為什麼？因為他們覺得看見我很尷尬，因為他們覺得你有了一個這麼像晴善學姊的女朋友，還在那個日子相聚很奇怪。我又不是笨蛋，怎麼會不知道？」

「他們是覺得尷尬，但絕不是因為妳，他們只是沒想過我會再談戀愛，不知道該怎麼和妳相處。」任梁溫柔地解釋。

「當我六年前為了找你，走進居酒屋的時候，他們看我的眼神、那種氣氛，我……」我難過地說不下去，眼淚開始往下掉。

「我很怕，真的很怕。」我抹掉眼淚，「我可以不在乎你愛我的原因……」

聽到我這句話時，任梁的眼神變得既危險又冰冷。

「六年前的我、六年後的我，都可以不在意你以前的故事。那段時光是屬於你的，而『現在』是屬於我們的。」

任梁伸手過來，替我擦掉臉上的眼淚。

「可是，這些故事，我們兩個知道就好了。如果他們來參加婚禮，只會覺得你找了個替代品。我不要這樣，我不想這樣……」我露出苦笑，「你明白嗎？」

任梁沉默不語。

最後，他起身，收拾桌上的空碗。

廚房傳來洗碗的聲音，我把眼淚擦乾，心緒沉重得難以復加。

直到夜晚來臨，我們都沒再繼續討論這件事。

我洗澡時，任梁在客廳整理東西。

等我洗好走出來後，他已經不在客廳了。經過房間時，我看見他坐在床上，手裡正拿著一本書。

我內心五味雜陳，拿起資料袋就躲到書房裡熬夜加班。

兩個小時後，我雙眼發澀，頭也開始隱隱作痛。

工作效率低落，我決定今晚先休息。

房間的燈已經熄了。

當我將屋內所有燈都關上時，四周頓時陷入一片漆黑。

我摸著牆壁，小心翼翼地走進房間，摸索著爬上床，安靜地躺在床邊，甚至不敢去拉棉被。

可是就在我躺上床的同時，溫熱的棉被落下來，蓋在我的身上。

任梁翻身過來，溫柔地替我掖好被角，然後將我擁入懷裡。

我躺在他身旁，嗅著熟悉而柔和的氣味。這瞬間，我竟又開始想哭了。

「老婆。」他喚著我。

這句親暱逼出了我的眼淚，我伸手環住他的腰，「你還沒睡？」

「我愛妳。」他說。

我眼淚落得更急了，滲入髮絲，扎得難受。

「……任梁。」

「妳說的，我其實都明白。」任梁深深嘆了一口氣，「如果可以，我寧可妳當個驕縱的女人。要求我送妳一顆鑽戒、給妳一場世紀婚禮，要求我的情史潔白如紙，從過去到現在只有妳一人……」

「可是，妳卻總是如此溫柔。」他無奈地說，「六年前，妳說不在乎我是不是因為晴善才愛上妳，六年後卻也還是如此。求婚時，我沒有拿鑽戒，只是頂著一個大平頭，在軍營外對妳說，等我退伍後我們就結婚，妳就欣然答應了.，而現在，我想要給妳一場盛大的婚禮，妳卻不想要。」

我抱緊任梁。

「妍然，我究竟能給妳什麼？」任梁的聲音哽咽，「我確實曾迷惑過自己對妳的感情，但現在我能篤定地告訴所有人，我愛的是妳，就只是孫妍然這個人。或許我們的故事和晴善有關，但那也僅止於此，我的老婆是妳，我此刻深愛的人是妳。」

我的眼淚不停往下掉。

「我也想大聲說自己愛得比妳更多，可是從一開始，我就是被妳深愛的那一個。我也想給妳好多東西，不管物質或是精神上的……可是如果妳什麼都不要，那我該怎麼辦？」

「只要你在我身邊就好，我不需要你給我什麼。」我哭著說。

「可是我需要。」任梁摸著我的頭髮，「我當然知道他們在想什麼，就算生氣，我也不能控制他們的想法。但我捨不得妳一直承受這些……所以，我只能證明給他們看。」

我閉上眼睛，感受任梁的體溫。

「我想辦一場盛大的婚禮，讓所有人知道，最終走到我身邊的人是妳。他們是否相信我們的故事，那不重要，讓所有人都見證這一刻，才是最重要的。」

任梁總是這樣，什麼都不說，可是當他說了，總會令我忍不住哭起來。

即使他說自己永遠比不過我對他的愛，在我心裡，他卻才是那個默默深愛著我、默默為我付出一切，不曾要求回報的人。

我睜開雙眼，黑暗漸漸透出輪廓，我凝望著任梁那雙不再悲傷的桃花眼眸，他的眼皮顫抖著。

我摸著他的頭髮，他的耳朵，最後落在他的眼睛。

我湊近任梁，吻他的額頭，吻他的鼻梁，吻他的唇。我和他氣息交纏，想再更靠近他一些……想這樣永遠停駐在他的呼吸裡……

他沿著我的脖頸往下，時而吮咬，時而輕吻，我忍不住渾身發軟，緩緩地摩娑他的背脊。

他解開我的扣子，我替他脫掉上衣，我們擁著彼此吻得纏綿，像是將所有告白透過肌膚傳遞至心中，我心臟跳得很快，氣息也變得急促。

他伏在我身上，彼此徹底交融的瞬間，我攀住他的手臂，啞聲說：「我愛你。」

他落下許多細碎的吻，額上沁出薄汗，湊在我耳畔輕喃：「我永遠愛妳。」

永遠。

氾濫得有些廉價的詞，從任梁口中說出來，卻是如此動人，這是任梁的永遠，我何德何能，得到了他的永遠？

「妍然，我究竟能給妳什麼？」

思緒朦朧之際，我想起他對我說的這句話。

我忽然意識到，也許「永遠」就是他所能給我最珍貴的事物了。他以絕無僅有的這輩子，來悉心詮釋我們之間的故事。

那好，我給你所有的寬容，你就給我你的永遠吧。我們扯平了。

從此以後，不要再擔心。

你已給了我你的全部，我們的故事已足夠精彩。

這晚，我夢見了一個小女孩。

她穿著一件被扯破的制服裙，留著一頭烏黑的長髮。

鬼使神差地，我一步一步走向她。

我能感覺到她溫柔地望著我，我仍舊看不見她的樣貌，她周身像是籠罩了一層薄霧。

我聽見自己在夢中開口：「妳是誰？」

小女孩似乎笑了，從身後拿出一朵花，遞給我。

我接下了這朵花，疑惑地望著她。

她說：「謝謝妳。」

當我醒來的時候，我躺在任梁的懷裡，沐浴在晨光下。

與此同時，我感覺任梁動了動，擁緊了我。

「怎麼了？」他的聲音有點啞。

我蹭了蹭他的胸膛。

「我好像……夢到晴善學姊了。」

「她說了什麼嗎?」

「她叫我們要永遠在一起。」

「這種肯定的事,還需要專程跑到妳的夢裡說?」任梁笑了,「真像她的作風。」

我也忍不住笑了。

他揉亂我的頭髮,在我臉頰落下一吻。

我和任梁的小日子,在一場由他獨自策畫的盛大婚禮後,復歸平靜。

後來,我再也沒有夢見晴善學姊。

再後來,我和任梁的世界裡多了一個小女孩。

我們替她取名為晴美,以此名紀念晴善學姊。

今後,我們的故事也還會繼續下去。

請多多指教。

番外三　我的故事屬於妳

窗外，機翼披上點點雲霧。橘紅色的雲彩看起來溫暖和煦，一如離別時的那個擁抱。

我別開臉，不願再想，翻出一本書，掀開了記憶的扉頁。

「深信每個故事都能成為誰的良人。」

我早已忘了，當年是以什麼樣的心情寫下這句話。如今翻著這本書，儘管每個字句都出自我的手，卻彷彿隨著晴善的離開而塵封於此，不再擁有鮮活生命。

「明明我完全不認識他，但光憑文字，好像就能描繪出他是多麼溫柔的人。我總覺得，他肯定很懂得怎麼去愛一個人。」

幾年前，妍然曾這麼形容過我的小說。

但她說錯了。

我一點也不懂得如何愛人。

好不容易鼓起勇氣去愛了，卻忍不住質疑自己的愛是否純粹。

良人。

指賢良之人，也是女子稱夫之詞。

《孟子．離婁下》：「良人者，所仰望而終身也。」

她仰望著我，在這青春正盛的年歲，眼神裡裝滿了我的模樣，彷彿已甘願付出她的永遠。

可是，我是如此差勁的人。

既不是賢良之人，也無法成為她的仰望。

就算她口口聲聲說著不在乎我的過去，我也不能再繼續傷害她了。

這趟旅途結束，我要還她一個堅定赤誠，對自己不再有任何懷疑的任梁。

我吁出一口氣，闔上眼。

睏倦佔據思緒，黑暗中隱約透出微光。

有人在呼喚我的名字，語末的「梁」字輕輕捲起，臉龐忽遠忽近——

「妳是誰？」

是晴善，還是妍然？

站在夢的彼端，我墜入一場，終究要歸來的旅途。

抵達上海時，冷風猖狂，像一下下刮著骨頭。我和同行的校友一齊下了飛機，背著行囊轉搭地鐵。下了地鐵後，又搭著計程車才終於抵達校園。
我感覺疲憊不堪，身旁的同學們卻是滿臉興奮，一整路吱吱喳喳。
這所學校很大，也十分美麗。時節已步入寒冬，放眼望去，夾道是蕭索枯木，一點一點染上黃昏餘暉。
眾人喧鬧歡呼，而我獨自落在後頭，回頭看了一眼。
來時的路，清冷靜默。胸口像被什麼哽住了，無從宣洩。
「任梁！」
熟悉的聲音喚著我，話裡帶著喜悅。
我呼吸一滯，緩慢地轉過頭去。
「你在發什麼呆？我們要去宿舍了。」只見過兩三次面的同學對我說。
原來是錯覺，心臟像空了一角，被冷風灌滿了涼意。
我抬頭，看著眼前一片蕭索，不禁笑了，湧上苦澀。

將愁不去，秋色行難住。六曲屏山深院宇。日日風風雨雨。
雨晴籬菊初香，人言此日重陽。回首涼雲暮葉，黃昏無限思量。

境由心生。
院宇不深，深的實乃心中愁緒。

晚上有一場交換生的歡迎會，當我們真正回到宿舍準備就寢時，已是深夜。

洗完澡，我和室友們各自窩進被子裡取暖。

幾乎是一碰到床鋪，我眼皮一沉，便沒了意識。

我知道自己睡著了。

這是一種很奇怪的感受，像靈魂抽離肉體，在遠處窺視自己。

眼前一片漆黑，伸手不見五指。

驀然，世界驟然鮮明，五光十色一瞬鋪展開來——

我站在教室外的走廊，看見空蕩蕩的教室裡，有個女孩坐在座位上正在讀書。

「……妍然？」

對方彷若未聞，翻動手上書頁。

我心臟一縮，忽然覺得喘不過氣。

「……李晴善。」

女孩動作一停，轉過頭來，朝我嫣然一笑。

這是我第一次夢見她。

這一瞬，我有好多話想說。

我想說自己對她有多愧疚、在她離開後有多痛苦，想說自己遇上了誰，想說自己好像重新找到了生命的意義，好像終於能夠鼓起勇氣愛一個人——

可是我們隔著一道牆，遙望著彼此，誰也沒開口。

千言萬語，只化作一縷清淺笑意。

十年生死兩茫茫，不思量，自難忘。千里孤墳，無處話淒涼。縱使相逢應不識，塵滿面，鬢如霜。

夜來幽夢忽還鄉，小軒窗，正梳妝。相顧無言，惟有淚千行。料得年年腸斷處，明月夜，短松崗。

晴善闔上書本，從座位上起身。

她微笑著，慢慢走遠了，像再也不會回來。

我睜開眼，思緒分外清明。

黑暗裡，室友們鼾聲大作，嘴裡喃喃著夢話。

我下了床，走向窗口。

和臺北的冬天截然不同。這裡的冷，更直接俐落，直直刺入肌膚。

忽然，我看見窗沿覆上了雪點。

我一愣，下意識推開窗戶，盛大的寒意闖入屋內。

「天啊！好冷！」

「什麼……怎麼突然……」

室友們全都轉醒，驚聲哀號。有人打開了電燈。

「任梁！你在做什麼！」他們怒斥。

我伸出手，捧住紛飛的雪花，彷彿盛滿了一季的寂寥。

我轉頭，微笑道：「看，下雪了。」

所有人都詫異地看著我，像在看一個瘋子。

「不就是雪而已嗎？想不到你這麼純真。」

說完，室友大步走過來，將窗戶重重一關，隔絕了外頭的冷冽寒風。

我低頭看著手裡的雪花，已然在我掌心消融。不僅抓不住，也看不見，如同孤獨的滋味。

燈被重新關上了，視野一瞬陷入黑暗。

我無奈地笑了，握緊手心，感受到溼潤水氣在手中摩娑發燙。

如果妍然在這裡……

我忽然一愣。

這瞬間，我終於聽見內心的聲音。

原來，它騷動著、喧囂著，每一分每一秒，不曾停止。

我再次笑了，眼眶逐漸湧上淚水。

王弗十六歲時，嫁給十九歲的蘇軾。少年夫妻，笨拙青澀，卻懂得彼此的靈魂。

我和蘇軾一樣，不曾忘記晴善。她懂得我的靈魂、懂得我的舉手投足、懂得我過去所有的不為人知——但，那僅止於過去。

她的時間已戛然而止，我的人生卻仍轉動不息。我所遇到的人們，各種不同的情感，交織成斑斕美麗的世界。晴善的故事已畫下句點，我的人生際遇卻尚在擴寫——

我釋然一笑。

晴善，我的確很想妳，也遺憾以那種方式送妳離開。

但，思念和遺憾，與我此刻愛著誰無關，更無法成為愛一個人的理由。

或許，我只是害怕了。

害怕受傷，也害怕再次傷害別人，所以下意識地將責任歸咎到已經離開的人身上。

對不起，晴善。

「妳是為了告訴我這個，才來的嗎？」我望著玻璃窗上的倒影，輕聲呢喃。

風悄悄地從縫隙裡滲進來，纏繞著我的指尖，溫暖輕柔，像是回應。

我坐到書桌前，打開筆電。

螢幕的光湧出來，我點開文件檔，在鍵盤上敲下文字。

每個故事都能成為誰的良人。

而我在愛上妳以後才明白，每個故事都是唯一無二。

既不賢良，也不值得妳仰望終身，這樣的我，無法成為妳的良人。

但是——

親愛的孫姸然。

任梁這個人，是屬於妳的。

番外完

後記

大家好，我是沾零。很高興《當你走入我的故事》能以實體書的方式與大家見面！

《當你走入我的故事》是我在二〇一八年寫下的作品，一開始發想時，只是想以「男作家與女學生」為主角，寫一篇稍有年齡差、略帶滄桑感的溫暖小品。不過，待任梁的年紀及他過去的經歷有了雛型後，故事就有了一些轉變。在這本書裡，我希冀能透過妍然的眼睛，訴說一個悲傷中帶著暖意的故事。

關於任梁的過去，我著實考慮了很久，畢竟我知道很多讀者、包括我自己在內，其實都有一點「初戀情結」，總希望男女主角都是彼此的初戀。不過，當任梁的性格有了更具體的呈現以後，我知道這就是我想寫的男主角。任梁這個人，也隨著故事的進展而有了越來越多的詮釋可能，例如他的悲傷，反倒成為一開始吸引妍然的契機，如若沒有那雙悲傷的桃花眼眸，也許妍然不會對他心動，至少不會在一開始就對他感到好奇、甚至是不自覺被他吸引。

至於妍然，我起初覺得她根本是聖母級的伴侶，怎麼能對任梁的過去表現得那麼泰然？直到她說，她是個自私的人，她的一切寬容都只是為了將任梁納為己有，我才忽然驚覺，她並不是什麼聖母，她只是個想要得到糖果的女孩。自私與寬容其實只有一線之隔。妍然的愛是自私所以寬容，任梁卻是寬容所以自私。能夠理解這一點、並且釋然看待，我深信妍然是個懂得怎麼去愛的人。即使她的人生隨和，但是面對愛情，她卻是看得最清楚的那一個。

二〇一八年連載結束時，我曾說：「這個故事到此結束，但屬於他們的故事，未完待續。」當時的我根本沒想過，真的會在幾年後與這本書再續前緣、繼續創造新的回憶——

感謝POPO原創及親愛的編輯，讓這本書有機會能夠付梓出版。感謝所有陪伴我、支持我，以及祝福任梁和妍然的你們，讓我有勇氣一直走到這裡。希望這個故事，能令你心有共鳴，感受到我想傳達的溫暖。

這本書已迎來尾聲，但屬於任梁和孫妍然的愛情故事還在繼續，而我也會一直在這裡，用「沾零」這個名字，不斷書寫新的故事。

來日方長，未來也請多多指教！^^

沾零　七月二十日　寫於板橋家中

國家圖書館出版品預行編目資料

當你走入我的故事 / 沾零作 . -- 初版 . -- 臺北市：
POPO 出版：家庭傳媒城邦分公司發行, 民 110.10
面； 公分 . -- (PO 小說；60)
ISBN 978-986-06540-3-5(平裝)

863.57　　　　110015645

PO 小說 60

當你走入我的故事

作　　者／沾零
企畫選書／林修貝
責任編輯／林修貝、吳思佳
總 編 輯／劉皇佑
行銷業務／林政杰
版　　權／李婷雯

總 經 理／伍文翠
發 行 人／何飛鵬
法律顧問／元禾法律事務所　王子文律師
出　　版／城邦原創 POPO 出版　城邦原創股份有限公司
台北市中山區民生東路二段 141 號 6 樓
電話：(02) 2509-5506　傳真：(02) 2500-1933
POPO 原創市集網址：www.popo.tw　POPO 出版網址：publish.popo.tw
電子郵件信箱：pod_service@popo.tw
發　　行／英屬蓋曼群島商家庭傳媒股份有限公司城邦分公司
聯絡地址：台北市中山區民生東路二段 141 號 11 樓
書虫客服服務專線：(02) 25007718．(02) 25007719
24 小時傳真服務：(02) 25001990．(02) 25001991
服務時間：週一至週五 09:30-12:00．13:30-17:00
郵撥帳號：19863813　戶名：書虫股份有限公司
讀者服務信箱 email：service@readingclub.com.tw
城邦讀書花園網址：www.cite.com.tw
香港發行所／城邦（香港）出版集團有限公司
地址：香港灣仔駱克道 193 號東超商業中心 1 樓
email：hkcite@biznetvigator.com
電話：(852) 25086231　傳真：(852) 25789337
馬新發行所／城邦（馬新）出版集團 Cité(M)Sdn. Bhd.
41, Jalan Radin Anum, Bandar Baru Sri Petaling,
57000 Kuala Lumpur, Malaysia.
電話：(603) 90578822　傳真：(603) 90576622
email：cite@cite.com.my

封面設計／也津
印　　刷／漾格科技股份有限公司
經 銷 商／聯合發行股份有限公司
電話：(02) 2917-8022　傳真：(02) 2911-0053

□ 2021 年 (民 110) 10 月初版　　Printed in Taiwan.

定價／ 290 元

 ISBN 978-986-06540-3-5